神様のおきにいり

◆内山靖二郎◆

神様のおきにいり

内山靖二郎

MF文庫J

口絵・本文イラスト●真田茸人
編集●児玉拓也

序章

序章

その男は、片耳にイヤホンをさしたまま耳をすましていた。

国道から離れた畑の真ん中。

街灯の明かりも届かない暗闇《くらやみ》の中、唯一の光源は男の持つペンライトだけだ。

「風の澱《よど》む音だな……」

そう呟《つぶや》き、男は目の前の小屋を見つめた。

農機具などが置かれた、粗末な物置小屋だ。

「ここからかな？」

男はポケットから小型ラジオを取り出して、ボリュームを半分に落とした。

そして、再度、耳をすませる。

あたりに聞こえるのは、虫とカエルの鳴き声と、イヤホンから聞こえる脳天気なラジオパーソナリティーの声だけだ。

ボリュームを下げたとはいえ、ラジオはまだかなりの音量だ。

「やっぱり聞こえる。風の音以外に……なんの音だ？」

男は物置小屋の戸にそっと手をかけた。

コトコトと軽い音を立てて、戸は数センチだけ横に動いた。

「不用心だな。鍵《かぎ》もかけてない……」

しばし沈黙。

ラジオパーソナリティーの笑い声がイヤホンから漏れている。

「これじゃあ、開けてみないわけにはいかないか」

渋い顔をして男はゆっくりと戸を開けた。

ライトを中に差し入れ、様子をうかがう。

人の気配は無く、動くものも無い。

男はライトを戻すと、今度は自分が入ろうとした。

「やばっ！」

足を一歩踏み入れる前に、何を察知したのか男は大きく後ろに飛び退《の》く。

虫の鳴き声が止《や》んで、ざわっと風が畑の中を吹き抜けた。

「痛っ……いでででっ……」

男は脇腹《わきばら》を押さえて、小屋の前にうずくまった。

「なんだよ、たくっ……」

男は怖々と押さえていた手を放すと、忌々《いまいま》しそうに毒づいた。

「うわっ、ごっそり持っていかれた！」

男の脇腹《わきばら》にはキャベツ一個ぐらいならすっぽりと入ってしまいそうな大きな穴が開いていた。

「くぅ〜、こんなヘマしたことを知られたら、また真希《まき》のやつがうるさいぞ……」

男は失われた脇腹を抱え込むように丸くなると、モソモソとラジオのボリュームを最大にした。

「それにしても……ここは静かだなぁ」

ポツリと呟《つぶや》き、男は頭を膝《ひざ》の間に挟むようにしてその場に座り込む。

風は止《や》んで、いつのまにかあたりには虫の声が戻っていた。

【第一章】稲村智宏の秘密

第一章　稲村智宏《いなむらともひろ》の秘密

稲村智宏には秘密がある。

田舎《いなか》の高校に通う、高校一年生。

成績はクラスの上位のほうに位置して、顔立ちもまずまず。すっと鼻筋の通ったクール系。背丈は平均ぐらいで、成長期が終わる前にあと十センチは伸びて欲しいと切に願っている。

性格も悪くないのだが、ひとつ欠点をあげるとするなら友達づきあいが少し悪かった。特に自分の家に友達が遊びに来ることを極端に嫌っており、どんなに仲の良い友達でも家に招待したことはない。学校から歩いて十五分という近さのため、よく帰り道に友人たちに寄っていきたいと言われるが、智宏は断固としてそれを拒絶し続けてきた。

「ただいま」

智宏はいつものように、ひとりで家に戻った。

母親はここから車で一時間ほど離れた場所にある大学に勤めており、朝は早く、夜は遅い。父親のほうは八年前に死んでいる。

よって、この時間、家には智宏ひとりしかいないはずだった。

「お～い」

玄関脇《わき》の階段をとんとんと上りながら、智宏は誰《だれ》かに向けて呼びかける。

二階には智宏の部屋と、普段は使われていない和室がある。

智宏は自分の部屋に入るよりも先に、和室のふすまを開けた。

「珠枝《たまえ》、いないのか？」

智宏は和室をキョロキョロと見回す。

その部屋は小さなタンスと古い鏡台しか置かれていない、殺風景な部屋だった。

「今日もいないのか……」

智宏が部屋に誰もいないことを確認して、ふすまを閉めようとしたとき、ベランダに続く窓がカラカラと開いた。

「なんだ、智宏。帰ってきてたのか？」

窓を開けたのは、両手いっぱいに洗濯物を抱えた少女。

「おいっ、何やってるんだよ、そんなところで！」

「見てわからないか。洗濯物を取り込んでいるところだ」

洗濯物のせいで前がよく見えないのか、少女はよろよろと危なげな足取りで部屋に入る。

「馬鹿《ばか》っ！　誰かに見られたらどうするんだよ」

智宏は少女の手を引っ張って部屋に引きずり込むと、あわてて窓を閉めた。

「美雪《みゆき》さんから取り込んでおくように電話があったんだ。夕方から雨が降るらしいからな」

「母さんめ……」

少女から洗濯物をひったくるように奪うと、智宏《ともひろ》は苦々しく呟《つぶや》く。

そんな智宏の態度に、少女はムスッとした顔をする。

「おまえは神経質すぎるぞ。洗濯物ぐらい、ワシにだって取り込める」

「……って、おまえ、なんて格好してんだ！」

さっきまで洗濯物を抱えていたので気づかなかったが、少女はTシャツを一枚着ただけの姿だった。

シャツの裾《すそ》からは、細くて白い素足が二本伸びている。

「おまえのシャツを借りているぞ」

「借りてもいいから、ズボンもはけよ！」

「ズボンはサイズが合わなくてな。別に下は見えないからいいだろう。今風に言うと、ワンピースというやつだ」

「母さんの買ったスパッツがあっただろ」

「探すのが面倒でな。安心しろ、ちゃんとパンツははいている」

少女はTシャツの裾をひらひらと動かす。

「あたりまえだ！」

智宏は真っ赤になって怒鳴った。

「まったく、色気づきおって。そんなにワシの肌が気になるか」

少女は智宏《ともひろ》から洗濯物を奪い返すと、畳の上に置いてテキパキとたたみ始めた。

「服もそうだけど、あんまり外に出るなよ。誰《だれ》かに見られたらどうするんだ」

「親戚《しんせき》の子だとでも言っておけばよいだろう」

「最初から見つからないように心がけろよ」

智宏は説教をはじめる母親のように、ぺたりと少女の正面に正座をした。

「心がけているつもりだが、このあたりも家が多くなってきたからな。誰かの目にとまってしまうのはしかたないことだろう？」

「だから、外に出るなと言っているんだ」

「この罰当たりめ。ワシを監禁するつもりか。人権無視だぞ、訴えてやる！」

少女は智宏を指差してわめいた。

「家神《いえがみ》のくせに、人権とか言うな」

「ああ、嘆かわしい。昔の人間は、もっと家神のことを大事にしたものなのだがなぁ」

「大事にしてるから、あまり外に出るなと頼んでるんじゃないか……」

智宏はげんなりした顔で肩を落とす。

そう——稲村《いなむら》家には家神が住み着いていた。

家神と言えば、座敷童《ざしきわらし》などがよく知られている。基本的には福神で、大切に祭《まつ》ればその家に繁栄をもたらし、災厄《さいやく》から守ってくれるというありがたい存在だ。

ただ、自分の家に家神が住んでいるということは、余所《よそ》の家には秘密にしなければならない。無闇《むやみ》に話せば、欲深い人間の嫉妬《しっと》をまねくことになり、禍《わざわい》をまねくことになる。家神のことを自慢するなどもってのほかだ。

また、家神は他家の人間と接することを好かない。家神の福の分け前に与《あずか》ろうと他人が家に頻繁《ひんぱん》に訪れるようになると、家神はそれを嫌って家を出て行ってしまったという言い伝えは数多い。

そんな理由から、家神を住まわせている家の人間はたいていそのことを秘密としている。そのため、世間にどのくらいの家神がいるのかは誰にもわかっていない。智宏の母である美雪《みゆき》の話によると、宝くじが当たるぐらいには珍しいものらしい。

もっとも、智宏としては家神のおかげで得をしたという記憶はまったく無い。ただ、家神がいなくなれば現状よりも悪くなるという漠然とした不安があるだけだ。

「いまどき家神なんて信じている者もあまりいなくなったから、少々見られたところで平気だと思うぞ」

心配されている本人は、しれっとした顔で言った。

たしかに姿を見ただけでは、彼女が家神であるとは誰も思わないだろう。

彼女の名は珠枝《たまえ》。苗字《みょうじ》はない。

年齢は不詳。智宏が小さい頃《ころ》から、珠枝はほとんど成長していないような気がする。そのへんの智宏の記憶が曖昧《あいまい》なのは、もしかすると珠枝の家神としての力なのかもしれない。

ちなみに珠枝《たまえ》の姿は写真に写らない。

見た目だけで言えば、小学校の高学年ぐらい。髪は腰に届くほど長く、肌は陶器のように白い。黙っていれば、日本人形のように可愛《かわい》らしい。仕草によっては妙に大人っぽく見えることがあり、相手が家神《いえがみ》だとわかっていても年頃《としごろ》の智宏《ともひろ》はドキッとしてしまうことも多い。

しかし、その言葉遣いは外見に相応《ふさわ》しいものとはとても言えなかった。自分のことを「ワシ」と呼ぶし、しゃべりかたはやたらと年寄りくさい。時々、テレビで憶《おぼ》えたらしい妙な言葉を使うときがあるが、そのときは例外なく智宏を馬鹿《ばか》にしているときだ。

「三日ぶりじゃないか。いままで、何をしていたんだよ」

「ここのところ山からの風の流れが悪くてな。智宏の相手をする気分にならなかっただけだ」

「俺《おれ》の相手はしたくなくても、洗濯物の取り込みはするのか」

「美雪《みゆき》さんに頼まれては断れまい」

智宏の皮肉など気にもしていない様子で、珠枝は答えた。

家神といってもずっと家にいるというわけではない。たいていは家にいるが、ふらっとどこかに行っては、長いと三、四日ぐらい姿を見せないときもある。

そして、家にいるとしたら、以前、死んだ父親の部屋だった二階の和室にいることが多かった。戸締まりなどしていても関係ないらしい。そのへんはさすがに神様と呼ばれるだけのことはある。

「それより、何か変わったことはなかったか？」

珠枝は洗濯物をたたみながら智宏に尋ねた。

「変わったこと？」

「さっき言っただろう。山の風がおかしいと」

珠枝の言う「風」というのは、いまいち智宏には理解できていないのだが、いわゆる風水などで言う「気」とか、そんな類《たぐい》のものに近いらしい。これが悪いと災《わざわ》いが起きやすいのだという。

そう言えば、最近、珠枝は「山の様子を見てくる」とか言って、出かけることが多くなった。何か山で気にかかることでもあるのかもしれない。

智宏としては、あまりふらふら出歩かないで、家でおとなしくしていてくれたほうがありがたいのだが。

「いや、別に……」

「では、学校ではどうなんだ。いじめられたりしてないか？」

「なんだよ、いきなり」

「おまえ、ちっとも友達を連れてこないじゃないか。これでも心配しているんだぞ」

「普通にやってるよ。家に人を呼ばないのは、おまえがいるからじゃないか」

「いたっていいだろう。何が悪い」

珠枝《たまえ》は心外そうな顔をする。

「いや、ダメだ。誰《だれ》かを家に連れてきたりしたら、絶対に顔を見せに来るからな」

「そりゃあ、智宏《ともひろ》の友達なら挨拶《あいさつ》ぐらいするのが当然だろう?」

「だから、連れてこないんだよ」

智宏はうんざりした顔をする。

「前は瑞穂《みずほ》とか、よく遊びに来てくれたのにな。嫌われたんじゃないのか?」

「いつの話だよ。もうガキじゃないんだから」

瑞穂は近所に住んでいる同い年の女の子で、小さい頃《ころ》はよく互いの家に遊びに行った仲だった。何の腐れ縁か、同じ高校に進学して、偶然にもクラスも一緒だったが、今は昔のようなつきあいはしていない。

「一緒に遊ぶのは照れくさいか? やっぱり色気づいているようだな」

「勝手に言ってろ!」

智宏は洗濯物の山の中から自分の下着だけ取り上げると、自分でたたんだ。家神《いえがみ》とはいえ、女の子に自分のパンツをさわられるのは恥ずかしい。

「おまえは、わりと見られる顔をしているんだから、もっと愛想《あいそ》をよくしたほうがいいぞ」

「余計なお世話だよ」

智宏が自分のぶんの洗濯物をとって、部屋に戻ろうとしたとき玄関の呼び鈴が鳴った。

「ん、誰かな?」

さも当然のことのような顔をして、珠枝は階下に降りようとする。

「だから、出るなって！」

「まったく細かい奴《やつ》だな」

「もう少し、家神らしくしてくれよ。ほんとに」

智宏は和室のふすまをしめて珠枝を閉じこめると、玄関へと降りていった。

「どなたですか？」

インターホンのボタンを押して、外に呼びかける。

『国土交通省のものですけど』

「えっ、なんですって？」

智宏は思わず問い返してしまった。

『国土交通省の職員です。調査にご協力をいただきたいのですけど』

「はい……ちょっと待ってください」

智宏は頭の中で様々な詐欺《さぎ》のパターンを検索したあとで、用心しながら玄関のドアを開けた。

門の前には、背広姿の男が立っている。

歳《とし》は三十前。無精《ぶしょう》ひげなのか、わざとなのかわからないひげを薄く生やしている。国土交通省という官庁がどんな仕事をしているのかはよく知らないが、その外見からは国家公務員といった真面目《まじめ》な印象は受けない。

　服装はごくごくありきたりの黒い背広。右耳に白いイヤホンを差しており、ドラマとかで張り込みの刑事が使っている無線のイヤホンを想像させる。

「ええと、稲村智宏《いなむらともひろ》君かな？」

　男は開口一番にそう言った。

　これには智宏も虚をつかれた。表札には稲村とだけしか書かれていないはずだ。となると、向こうはこちらのことは事前に調べ済みということになる。つまりは、油断ならない詐欺《さぎ》師か、本物の役人かのどちらかということだ。

「私はね、こういうものです」

　男は自分で門を開けて玄関のほうに近づくと、懐《ふところ》の手帳に挟んであった名刺を一枚つまみ取って、智宏に差し出した。

『国土交通省　特定土地監視員　楠木兼康《くすのきかねやす》』

　実にあっさりとした名刺で、それ以外には東京の住所と電話番号が書かれているだけだった。

「どんなご用なんですか？」

　智宏は兼康のペースにのまれないように気をつけながら、硬い口調で尋ねた。

「実は稲村さんに、私の仕事を協力していただきたいんですよ」

　兼康はイヤホンを指でいじりながら苦笑いを浮かべた。あまり好きになれないタイプの笑みだった。

「どんなことをすればいいんです」

　相手が詐欺師だろうと、本物の役人だろうと、智宏はこの男にさっさと帰ってもらいたい気持ちで一杯だった。二階に珠枝《たまえ》がいることを考えれば、なおさらだ。

「お宅の家神《いえがみ》様にお目通りをさせていただきたいのですが」

「なんのことです？」

　内心では動揺しまくりの智宏だったが、なんとか平静を装う。

　これまで珠枝のことを近所の人に尋ねられたことは何度かある。だがそれは、あくまで見慣れぬ女の子としてだ。この男のように、ずばり家神だと言われたことはない。

　そもそもしゃべり方がおかしい点をのぞけば、珠枝は誰《だれ》がどう見てもただの女の子だ。普通なら家神などと結びつけるはずはない。

「あまり他人に会わせたくないという気持ちはよくわかるんですよ。ですがね、私にも事情がありましてね……いまは二階にいらっしゃるんでしょう？　ちゃんと聞こえているんですよ」

　そう言って、兼康は耳につけたイヤホンをコンコンと叩《たた》いた。

「し、知らないって言ってるだろ！」

　二階にいることまで言い当てられ、智宏は動揺を隠すことはできなかった。

「ほんとに切羽詰まっているんですよ。面倒だから、その証拠をお見せしましょうか。あんまり気分の良い見せ物じゃないですけど」

兼康《かねやす》はやれやれと首を横に振りながら、上着の前を開いて見せた。

「なっ……！」

上着に隠されていた兼康の腹を見て、智宏《ともひろ》は言葉を失った。

ワイシャツの脇腹《わきばら》部分が大きく破けており、その奥に見える腹には大きな穴が開いていたのだ。

「昨日の晩、喰《く》われてしまいましてね」

「だ、大丈夫なんですか？」

「普通なら死んでますよ。あたりまえでしょ」

男は手品師が種のないことを示しているかのように、腹の穴に手のひらを入れて握ったり開いたりして見せた。

「このあたりに住み着いてる妖怪《ようかい》にやられたんですよ。持っていかれてはいますが、つながってはいる。だから、死ぬようなことはありません。まったく、器用なことをしてくれますよ」

兼康は上着を戻しながら、苦笑いを浮かべた。

「妖怪の仕業って言われても」

智宏は兼康の話をどこまで信じて良いのかわからなかった。ただ、珠枝《たまえ》のことがあるので、妖怪とかそういった存在を完全に否定するつもりはない。

「私の腹を持っていった奴《やつ》は、人質代わりにしているんです。これ以上追えば、いつでも肝《きも》を握りつぶすことは出来るとね。そうなったら、私はひとたまりもない」

　それが本当だとすれば、これほど有効な人質はないだろう。

　兼康の状況には同情すべきものがあったが、だからといって智宏もそう簡単に珠枝のことを教えるわけにはいかなかった。

「あんたがひどいめにあっているのはわかるけど、うちには神様なんて――」

「もうよい、智宏。そいつにいくら惚《とぼ》けても無駄だ」

「珠枝っ！」

　ふり返ると、階段の途中に珠枝が立っていた。

「お騒がせをしております。楠木《くすのき》兼康と申します」

　兼康は珠枝の姿を見て、深々と頭を下げた。

「おもしろいものを飼っているな。こだまか？」

「さすが、おっしゃるとおりで。おかげでどんな音でも聞き分けることができます」

　兼康はまた耳につけたイヤホンをコンコンと叩《たた》いた。

「智宏、あげてやれ。そいつも、その身体《からだ》で立ち話は辛《つら》かろう」

「恐縮です」

　ずうずうしくも自分でスリッパを手に取ると、兼康は勝手に玄関をあがった。しかし、そんな兼康の態度に腹を立てるよりも、いまの智宏には珠枝のほうが先決だった。

「な、なんで出てくるんだよ！」

「そいつは私の気配を察してやってきたんだ。いくら惚《とぼ》けたところで誤魔化《ごまか》せんよ」

「だったら、追っ払うだけだ」

「国の役人をか？　面倒なことになるだけだ」

「いやはや……すみませんね。まったく」

珠枝《たまえ》の言葉に、兼康《かねやす》は意味深な笑みを浮かべる。さっきと同じ、どうにも好きになれない種類の笑みだ。

兼康は完全に玄関からあがっており、このまま追い返すのは無理のように思える。

「わかったよ」

智宏《ともひろ》は渋々と兼康を客間に案内した。


「すまないな。この子は余所者《よそもの》に私のことを語りたがらないのだ」

「どの家でもそうですよ」

客間に通された兼康は、まるで古い知り合いのように珠枝と談笑している。

智宏にはこの和《なご》やかな空気さえ気にくわなかった。

「別にそう簡単にいなくなったりはしないと言っているのにな」

「ですが、賢明なことだと思いますよ。家神《いえがみ》がいるなんて他人に教えたところで、良いことなどありませんからね」

兼康はにこにこ笑いながら、何度もうなずく。

「それで、ワシに話というのは、その腹の穴のことか?」

「その通りでして。このところ山からの風がおかしいことはお気づきだと思いますが」

「ああ、知っている」

珠枝は少し偉そうな態度でうなずいた。

「原因については?」

「たぶん、西のほうの山が削られているせいだろう」

「はっ、これはこれはっ!　素晴らしいご慧眼《けいがん》です」

兼康は大きく目を見開いて、背筋を伸ばしてぴしゃりと膝《ひざ》を叩《たた》いた。

「何をしているかまでは知らんがな」

そんな兼康の態度に、珠枝はまんざらでもなさそうな顔をしている。

「実はちょっと大規模な道路工事が西の山で始まりましてね。智宏君は聞いたことないかい?」

なれなれしく名前で呼ばれたことに少し腹が立ったが、智宏は無言のまま小さくうなずいた。

たしかに、西のほうにバイパスが通るという話は、母親の口から何度も聞いたことがある。完成までに十年はかかるとかいう大工事だそうだが、自動車通勤の母は道路ができれば楽になって助かると待ち遠しそうに言っていた。

「ところが、その工事が災難続きでしてね。調べてみると、どうも妖怪《ようかい》の仕業らしいとわかったわけです」

兼康《かねやす》は同情を買おうとしているのか、わざとらしく情けない声を出した。

「西にも大勢住み着いているからな。荒っぽいことをするモノもいるだろう」

珠枝《たまえ》は少し突き放したように言う。

その口ぶりは、兼康への同情心を微塵《みじん》も感じさせない。智宏《ともひろ》は心の中で「ざまあみろ」と兼康に舌を出した。

「で、私はその調査と、可能ならば妖怪《ようかい》たちとの交渉にと派遣されたわけなんですが……昨晩、山から降りてきたと思われる妖怪にやられて、この様《ざま》です」

兼康は背広の上から、横腹をポンポンと叩《たた》いた。

「けど、なんで国土交通省がそんなことをするんだよ？」

智宏は最初から思っていた疑問を口にした。

「昔から人間と妖怪が衝突するときは、今回のように新しい道を作って互いの領域が近づいたときが多いものですから、省内に私のような者が常任しているんですよ。もちろん、道路以外のことでも、妖怪に絡んだ案件の際には出動しますけどね。そのあたりは警察と連携を取っていまして――」

慣れた口調で兼康は説明するが、珠枝は関心がなさそうに途中で口を挟んだ。

「それで、ワシに用とは？」

「あ、まあ、なんというか……相手は手強《てごわ》いうえ、私は肝《きも》まで握られている。そんなわけでして、ここはひとつ、このあたりを鎮護《ちんご》されておられる珠枝様に力をお貸し願えないものかと思いまして参上した次第です」

兼康は改めて深く頭を下げる。慇懃《いんぎん》無礼《ぶれい》というわけではなく、本心から珠枝に敬意を払っているようだ。大の大人が少女の姿をしている珠枝にこうして頭を下げる姿は、智宏には少し奇妙なものに見える。

「みえみえの世辞《せじ》を言うな。ワシは稲村《いなむら》の家に憑《つ》いたただの家神《いえがみ》にすぎない」

「それでもたいへんな力を持っていらっしゃる。元々はどこかの山の神であられたとお見受けしますが」

頭を下げたまま、上目遣いに兼康は珠枝のほうを見つめる。

そのとき、智宏はちらりと兼康の目を見てギクッとした。

その目はいままでの柔和な笑みを浮かべた表情とはまったく異なり、鋭く油断ならない光を放っているかのように思えたからだ。

「お、おい、ちょっと勝手に話を進めないでくれよ。まさか、珠枝にあんたの腹に穴を開けたような化け物の相手をさせようって言うんじゃないだろうな」

兼康にただならぬ気配を感じ、智宏はあわてて二人の間に入った。

「まあ、結論を言ってしまえばそういうことになりますね」

顔をあげた兼康は、いままでどおりの愛想《あいそ》の良い顔をしている。

「そんな危ないことさせられるわけ無いだろ！」

「しかし、このままアレを放《ほう》っておけば、どんな災厄《さいやく》をまねくか……」

「そんなのうちには関係ないから」

智宏《ともひろ》はそんな話になど聞く耳持たない。

「まあ、智宏がこう言っているのでは話し合いの余地はないな。家の者の意思に反してまで、ワシが出張ることは出来ない。それはおまえもわかるだろう?」

「はあ……」

兼康《かねやす》は眉根《まゆね》を寄せてしばらく悩んだ。

「悪く思うな。智宏はワシのことを心配してくれているのだ」

珠枝《たまえ》は子供を諭《さと》すような口調で語りかけるが、兼康のほうはまだあきらめきれない様子だった。

「ええと、智宏君……?」

「なんですか?」

智宏は露骨に嫌そうな顔で返事をする。

「珠枝様の力はだいぶ弱まってるように見受けられるんだけど、きみは気づいてましたか?」

「弱まってるって、どういうことだよ。さっきと言ってることが違うじゃないか」

兼康の駆け引きに乗ってなるものかと、智宏はわざとつっけんどんな態度で答えた。

「いやいや、もちろん珠枝様の持っている器は家神《いえがみ》とは思えないほどに大きなものですよ。

しかし、その中に溜《た》められている力が少なくなっているんです」

「ど、どういうことだよ？」

「例えるなら、そのへんの妖怪《ようかい》はコップ一杯の力を持っているとしましょう。一方、珠枝様の器は風呂桶《ふろおけ》ぐらいある。そこにコップ一杯の水を注いだとしても……たいした量ではないと思うでしょう？」

「珠枝、それって本当の話なのか？」

「ああ、そうだな。たしかにその男の言うとおりだ」

智宏が興味を持ってくれたことに勢いを得て、兼康は言葉を続ける。

「普通、神の力は信仰心などによって増加します。きっと、この家では珠枝様をきちんと祭《まつ》っていなかったのではないですか？」

「それは……」

悔しいが兼康の言っていることは当たっている。これまで珠枝を神様として祭ったことなど一度もない。それどころか、母親の美雪《みゆき》などは珠枝を家事手伝いに便利に使っているぐらいだ。

「じゃあ、このままだとどうなるんだよ？」

「珠枝様は零落《れいらく》してしまうでしょうね」

「零落？」

智宏には聞き慣れない言葉だった。

「神としての格が下がるということですよ。山を司《つかさど》る神から、家を司る神に零落《れいらく》したようにね。昔は神様だったものが、零落して妖怪《ようかい》となることも多い。カッパなんかは、その良い例です」

「ワシらを神と呼ぶか、妖怪と呼ぶか、そんなものはおまえたちの勝手だろう」

珠枝《たまえ》は少し機嫌悪そうに言った。

「おっしゃるとおりで……ですが、このまま力が失われていけば、珠枝様という存在はまったく別のモノに変異してしまう。悪ければ、完全に消滅する」

消滅という言葉に智宏《ともひろ》は敏感に反応した。

「ほんとなのかよ⁉」

「家神《いえがみ》とて永遠に存在を続けることはできんよ。それは万物の決まりだ。それに消えて無くなるわけではない。ただ、この姿をとることをやめて山に帰るだけだ」

「あと、どのぐらい……ここにいられるんだ？」

「そんなことはわからん。人がいつ死ぬかわからないのと同じだ。おまえだって、自分がいつまで生きていられるかなんてわからんだろう？」

自分のことだというのに、珠枝は意にも介していないといった顔だ。

「いや、珠枝様、あなただってわかっているんじゃないですか。いまのままでは、長くてあと十年も保《も》たないと」

「……黙れ」

静かに、それでいて腹の底にズンと重しを加えられるような迫力のある声で、珠枝は兼《かね》康《やす》を制した。

「いや、聞かせてくれよ。ほんとにあと十年で珠枝はいなくなっちゃうのかよ！」

珠枝の言葉に口をつぐんでいた兼康だったが、智宏に言われておそるおそる話を再開した。

「信仰は神に力を与えます。多くの人に信じられている神は、大きな力を持つようになりますし、長い時間存在することができるのです」

「じゃあ、珠枝にも神社とかそういうのを造ればいいのか？」

「信仰心というのは、そんな簡単なものではありませんよ」

兼康は智宏の単純な発想に苦笑する。

「それじゃあ……」

智宏は拳《こぶし》を握りしめ、悔しそうに珠枝の横顔を見た。珠枝は何も言わず、かなり機嫌の悪そうな顔をしている。

「ですがね、簡単に珠枝様に力を取り戻していただく方法があるんですよ」

しばらく間《ま》をおいてから、兼康はとっておきの妙案を披露するといった口調で言った。

「おい、つまらん入れ知恵を――」

「どうすればいいんだ!?」

珠枝の言葉を遮《さえぎ》って、智宏は身を乗り出して聞いた。

兼康《かねやす》は珠枝《たまえ》の機嫌をうかがうようにちらりと横目で見てから、その方法を話し始めた。

◆◇◆

「珠枝、寒くないか？」

「いいや、よい夜だ」

いまの季節は梅雨前。

あれだけ咲き誇っていた桜もすっかり散ってしまい、だんだんと暖かさが暑さに変わる陽気になりかけた頃《ころ》だ。夜の空気はまだひんやりとしているが、寒さを感じさせるものではない。

今夜は雲ひとつ無く、月も満月に近い。

散歩をするにはちょうど良い夜だが、智宏《ともひろ》の表情はあまり優れない。

兼康の提案を聞いた智宏は、その後、深夜になるのを待ってこっそり珠枝と一緒に家を抜け出した。

その目的は、珠枝に力を取り戻してもらうため。

先に目的地の近くで待機していた兼康と合流して、三人は静かな夜道を歩き続ける。

重苦しい雰囲気の中、珠枝だけは智宏と一緒に外を歩くのが楽しいのか、とても上機嫌だった。さすがに表に出るのにTシャツ一枚というわけにもいかないので、いまは智宏がタンスをひっくり返して見つけたスパッツをはいている。

「智宏、見てみろ。自動販売機があるぞ」

珠枝は夜道を明るく照らす路上の自動販売機を指差した。

「よし、ここはひとつ、おまえたちに飲み物をご馳走《ちそう》してやろう。何が飲みたい。遠慮《えんりょ》無く言え」

すたたっと自動販売機の前に走り寄って、珠枝は陳列されたジュースを見つめる。

「ご馳走って、金は持ってるのかよ？」

「ぬかりはない。前に美雪《みゆき》さんの買い物を手伝ったときのお駄賃がある。ほれ、これを見ろっ！」

珠枝は五百円玉を水戸黄門《みとこうもん》の印籠《いんろう》のように見せつけた。

「母さんのやつ買い物なんか手伝わせていたのか……」

「むむっ、この自動販売機には『あったか～い』やつもあるぞ。これにするか？」

「いいよ、別に」

智宏は素っ気なく答える。

もう春も終わったというのに、その自動販売機ではまだホット飲料が残っていた。

「『あったか～い』やつだぞ。缶ごと熱々になっているやつだぞ？」

何に興奮しているのかわからないが、珠枝は自動販売機の前ではしゃいでいる。

「いや、珠枝様にご馳走になるのは申し訳ないですから、ここは私がおごりますよ」

兼康《かねやす》は珠枝《たまえ》の背後から、自分の五百円玉を投下した。

「むっ、何をする」

珠枝はふくれ面で、兼康を見上げる。

「いや……ジュースでしたら、私が」

「それではいかんのだ。ワシがご馳走《ちそう》をしてやりたかったのだ！」

「は、はあ……すみません」

兼康は珠枝にぺこぺこ頭を下げる。

「誰《だれ》の金だっていいだろ」

智宏《ともひろ》は憮然《ぶぜん》とした表情で、自動販売機のボタンを押した。オレンジジュースが音を立てて出てくる。

「良かったら、珠枝様も……」

智宏がジュースを手にしたのを見て、兼康は珠枝にも勧める。

「ふむ……そうだな」

「珠枝はこれだろ」

腕を組んで悩み始めた珠枝に先んじて、智宏は缶コーヒーのボタンを押した。ミルクと砂糖のたっぷり入ったロング缶のホットコーヒー。正確にはコーヒー飲料である。

「ああっ……」

珠枝はしばらく呆然《ぼうぜん》とした顔で出てきた缶コーヒーと自動販売機を見比べていたが、そのうち納得したような顔になる。物心ついたときからの付き合いなのだから、智宏には珠枝の好みは手に取るようにわかる。

兼康はそんな二人の様子を横目に見ながら、自分は冷たい缶コーヒーを買った。

「じゃあ行きますか？」

缶コーヒーを一気に飲み干すと、兼康が呼びかける。

「そうだな」

珠枝は両手で缶コーヒーを包み込むように持っている。プルトップはまだ開けていない。缶コーヒーのぬくもりを楽しんでいるらしい。

「開けてやろうか？」

「いやいい」

「けど、自分で開けられないだろ？」

「まだいいのだ」

「温かいうちに飲まないと意味無いだろ？」

「この缶が温かいのが良いのだ。熱いコーヒーなら家でも飲めるだろう。自動販売機でなければ、この温かいコーヒーは買えん」

「コンビニでも売ってるけどな」

「なぬ、コンビニでもかっ!?」

珠枝の目が輝く。智宏は意地悪のつもりの言葉が、珠枝の好奇心に火をつけてしまったことに苦い顔をした。

「こうして見てると、まるで兄妹《きょうだい》ですね」

二人の前をゆっくりと歩いていた兼康《かねやす》が笑いながらふり返った。

「背丈ばかり伸びて、弟にしては可愛《かわい》げがないがな」

「おいっ、俺《おれ》が弟のほうかよ!」

「あたりまえだろう。十年や二十年、生きただけのひよっこが何を言っておる。この罰当たりめ」

「問題なのは精神年齢だろ」

「まあまあ、おふたりさん。そろそろ妖怪《ようかい》の住処《すみか》ですよ」

兼康が立ち止まり、畑の中を指差した。

あたりに民家はなく、畑の中にぽつんと物置小屋が立っている。もっと雰囲気のある廃屋や、洞窟《どうくつ》の中といったものを想像していたが、こんなありふれた場所に妖怪が住んでいるとは少し意外だった。

「ふむ……たしかにいるな。山から降りてきたモノのようだ」

「こんなところに住み着かれても近隣住人と摩擦《まさつ》を起こすだけなので、穏便に交渉ですませようと思ったのですが……どうも嫌われてしまったようで」

「こだまなど使って探りを入れられれば嫌われて当然だ。ワシだって好かん」

「すみません」

兼康は苦笑いを浮かべながら、頭を下げる。

「おい、智宏《ともひろ》。ちょっと来い」

小屋を前にして珠枝《たまえ》は智宏に、内緒話でもあるようにチョイチョイと手まねきをした。

「何？」

智宏は腰をかがめて、珠枝に顔を近づける。

「ちょっと目をつぶれ」

「ん？」


ぺろっ。


「うわっ、な、何したっ？」

「まぶたをなめただけだ」

何かの味見をしたあとのように、珠枝は唇のまわりをなめながら言った。

「なんでそんな……」

「おまえにも相手が見えるようにするおまじないだ。妖怪といってもワシのように人間の目に見えるものばかりとは限らないからな」

「だ、だからって、いきなりなめたりするなよな」

できるだけ平気そうな顔をしようとした智宏だったが、心臓がバクバク鳴るのはなかな

がない。

か抑えることは出来なかった。いきなり女の子にまぶたをなめられて冷静でいられるわけ
「さてと……では、まずは顔を出してもらおうか」

珠枝《たまえ》は一歩前に出ると、小屋に向けて大声で呼びかけた。

「ワシは稲村《いなむら》の家に住まう珠枝と申す者。そこな小屋におわすはいったい誰《だれ》であられようか」

「……家神《いえがみ》ごときがワシに何ぞ用か？」

小屋の中から耳障《みみざわ》りな声が聞こえてきたかと思うと、突然、扉が音を立てて開き、さびた金属の臭《にお》いを含んだ突風が智宏《ともひろ》の横を吹き抜けた。

「この臭い、虫か？」

珠枝は智宏のすぐ脇《わき》に立ち、悠然《ゆうぜん》と夜空を見上げる。

空には月を隠すように、黒い雲の塊《かたまり》が浮かんでいた。

「人間など連れて、何をしに来た」

雲の中から声が聞こえる。

「家主がいなければ、あまり自由がきかんからな」

「飼い犬のようなやつよ」

ギシギシという金属をこすり合わせたような笑い声がした。

「里に下りて何をするつもりだ？」

「山の住み心地が悪くなっての。黄泉《よみ》の甘ったるい匂《にお》いが強くなった」

「そんなに臭《くさ》いか？」

「前から穴の多い山ではあったが、人間が岩を砕くようになってからは特にひどい。知った顔が減り、水も悪くなった。あの山にいるぐらいなら、まだ里にいたほうがよい」

珠枝《たまえ》は無表情で雲の話に聞き入っている。

「……ところで、そこの男の肝《きも》を返してはくれまいか」

「なぜだ？」

「いや……ええと、ワシは別にどうでもいいんだがな」

珠枝は顎《あご》をさすりながら、目をさまよわせた。

「どうでもいいことはないでしょう」

兼康《かねやす》が情け無い顔で抗議をする。

「腹に穴が開いていては、こいつもメシがまずかろう。だから意地悪をせずに返してやれ」

「家神《いえがみ》ごときがワシに願いとはな」

「おかしいか？」

「おかしいな」

「これだけ頼んでも駄目《だめ》か」

「駄目だな」

どう見ても珠枝のそれはお願いしている態度には見えない。これでは交渉にもならないだろう。

「では、無理矢理でも取り返させてもらうしかないな」

珠枝は平然とした顔で言う。

「このワシからか？」

雲の中から、ひときわ大きく笑い声が響いてきた。

「しかたあるまい。家主の願いだ」

「ならば、その家主をワシが喰《く》らってやろうか！」

その言葉と共に、雲の中から何かが飛び出してくる。

「やはり虫か」

少しも動揺した素振りもなく、珠枝は呟《つぶや》いた。

雲の中から現れたモノ。

それは人の胴体ほどの太さがある、巨大なムカデだった。

黒光りする甲冑《かっちゅう》のような身体《からだ》と、真っ赤な無数の足。そして、顔の部分にはクワガタのような顎が、智宏《ともひろ》の首を噛《か》み切ろうと大きく開かれていた。

「ちょっと退《ど》いていろ」

珠枝は智宏を押しのけると、怖《おそ》れることなく大ムカデの前に立ちはだかる。

「それほど人間が大事か？　ならば先に貴様を喰らってやる！」

大ムカデは突風のような勢いで珠枝に襲いかかると、ヘビが獲物を絞め殺すように長い身体《からだ》で幾重にも巻き付いた。

「珠枝《たまえ》っ！」

大ムカデの身体が絡みついてできた不気味な黒い山が、ギシギシと耳障《みみざわ》りな音をたてる。

中には珠枝がいるはずなのだが、その姿は外からは見えない。

「おいっ、どうするんだよ！」

智宏《ともひろ》は兼康《かねやす》に怒鳴った。

「いや、大丈夫でしょう。ちゃんと珠枝様の声は聞こえてますよ」

兼康はラジオのボリュームをいじりながら、真剣な面持ちで大ムカデの様子を見つめている。

「……ちょっと離れていろ、と言ってますね」

そう呟《つぶや》くと、兼康は智宏の肩をつかんで、大ムカデから引き離すように後退した。

すると、突然、大ムカデの身体が地面から持ち上がった。

「おまえたち、ちょっと振り回すから気をつけろよ～」

大ムカデの巨体の下から、珠枝の切迫感の無いのんきな声が聞こえてきた。

「振り回すって、何を？」

その直後、智宏のすぐ真上をブゥンという風鳴りと共に何かが過ぎ去っていった。

「なっ、なんだ!?」

反射的に身を伏せた智宏が、おそるおそる顔を上げると、なんと珠枝が大ムカデの顎《あご》をつかんでブンブンと水平に振り回していた。プロレスで言うところのジャイアントスイングというやつだ。

しばらく振り回して大ムカデの身体が伸びきったところで、珠枝はそれを地面に乱暴にビタンと叩《たた》きつけた。大ムカデは目を回しているのかグッタリとして動かない。

「ムカデに逆エビ固めをかけるというのも一興か」

珠枝はそう言いながら、今度は大ムカデの身体を体節とは逆方向にクルクルと巻きはじめた。もう呆《あき》れるより他《ほか》にない、あまりに豪快《ごうかい》で力尽くで――そして滅茶苦茶《めちゃくちゃ》な戦い方だった。

「が、ががが……！」

大ムカデの身体からメキメキという嫌な音がして、顎からは刺激臭を放つ黄色い泡が吐き出される。思わず目を覆《おお》いたくなるような残酷《ざんこく》な光景だった。

珠枝は大ムカデの身体を二巻きぐらいしてから、ほどけないように足で押さえると、顎から手を放して尋ねた。

「さて、そろそろ肝《きも》を返してはくれまいか？」

「返す、返す。すぐに返す！」

顎が自由になった大ムカデは、黄色い泡を吹き飛ばしながらわめいた。

「お、おおっ……珠枝様、元に戻りましたよ！」

腹が元通りになった兼康は嬉《うれ》しそうな声を上げる。

「ワシの住処《すみか》に近づかないように脅かしただけだ。喰《く》う気だったら、昨日の晩のうちに頭から丸ごと喰っている」

大ムカデは必死に弁明をする。

「そんなことはわかっている」

「だったら、足をどけてくれ。苦しくてかなわん！」

「いや、さっきも言ったように、あの男の肝《きも》などどうでもいいことなのだ」

珠枝《たまえ》は冷淡に呟《つぶや》くと、逆エビ固めをかけられて限界まで仰《の》け反《ぞ》っている大ムカデの腹に手を置いて、ぐいっと下に押し込んだ。

焼いたエビの尻尾《しっぽ》を反対方向にひねりながらむしりとるときと同じだ。固い殻の間にある薄い皮膜が引き延ばされてむき出しになると、すぐにピリピリッと裂け目が出来て、大ムカデの身体《からだ》は真っ二つにちぎれた。

「ごあああぁっ」

大ムカデは巨大な身体を跳《は》ねるようにくねらせ、地面をのたうち回る。

「えーと、頭はこっちか」

珠枝は暴れ回る大ムカデの頭にめがけてジャンプをすると、その頭を思いっきり両足で踏みつぶした。

大ムカデの体液なのだろうか。黄色い汁を飛び散らせ、頭は粉々に砕けた。

「うっ……」

智宏《ともひろ》は胃からこみ上げてくるものを感じ、手で口を覆《おお》った。

「どうした、智宏。だらしないぞ」

珠枝は冷笑を浮かべながら、大ムカデの砕けた頭をまさぐる。

「何をしてるんだ？」

こみ上げてきたものを無理矢理飲み込んで、精一杯の虚勢を張りながら智宏は尋ねた。

「魂をさがしている……っと、おお、あったあった」

珠枝は大ムカデの頭の中から、真っ赤な玉を取り出した。大きさはピンポン球ほどで、丁寧に磨かれた宝玉のように艶《つや》がある。

「それが魂？」

「そうだ。おまえの目当てのものだ」

智宏は無言で兼康《かねやす》のほうを振り向く。

「ええ、間違いありません」

兼康は智宏にうなずいて答えた。

「これが残っている限り、こいつは死ぬことはない。木の実が大木になるぐらいの時間はかかるだろうが、また元通りとなることだろう。これでも二百年は生きた大ムカデだろうからな。そう簡単にはくたばらんさ」

「それがあれば、珠枝は消えたりしないんだな？」

「そうだな、こいつの魂は思ったより大きいからしばらくは保《も》つと思うが。しかし、これをワシのものにするということは、この大ムカデをこの世から消し去ることになるのだぞ。おまえの爺《じい》さんが生まれるよりも前から山におったものだ。普通、人間というのは、長生きしたものを大切にするものなんじゃないのか？」

「死ぬって言ったって、ただの虫だろ」

「……姿形が重要なのか？　こいつがもしワシのような人の姿をしていたらどうしたのだ。もちろん、ワシはおまえの願いとあれば、相手がどんな姿をしていようが同じく叩《たた》き潰《つぶ》したがな」

「けど、それがなければ珠枝《たまえ》が消えてしまうんだろ？」

珠枝が消える——そのことを考えるだけで、智宏《ともひろ》は心の底から強い不安がわき上がってきた。珠枝がいなくなるのではと思うだけで、なぜか智宏は冷静な気持ちでいられなくなる。

「他《ほか》のものを犠牲にして生きることは、おまえたちのような限りある命を生きるものの特権だ。ワシらのようなものには、あまり相応《ふさわ》しい生き方ではない。それでも、おまえはワシにこいつを食えというか？」

「ああ、食べてくれ」

珠枝の言葉に、躊躇《ちゅうちょ》なく智宏は答えた。

たしかに、大ムカデには悪いことをした。

だが、智宏にとっては人の肝《きも》を喰《く》らうような化け物よりも、珠枝のほうがずっと大事だ。

珠枝がいなくなることなど、智宏にとっては考えたくもないことだった。

「……ふん、いいだろう。たまには、おまえの言葉に縛られるとしよう」

珠枝はため息混じりに呟《つぶや》くと、さっき買った缶コーヒーを智宏に差し出した。

「これを開けてくれ」

「あ、ああ……ほら」

智宏は缶コーヒーのプルトップを開けてやる。

珠枝は手に持っていた球をひょいと口に入れると、缶コーヒーで飲み下した。

「ふむ、なかなか良い魂だな。これなら、あれもすぐに片付けられそうだ」

「あれって、なんのことだ?」

最後の一滴まで飲み干した缶コーヒーを名残惜《なごりお》しそうに眺めながら、珠枝は智宏の問いに小さな声で答えた。

「いずれわかる――そろそろ清算の時期なのだろう」

【第二章】

妖怪ご近所会議

第二章　妖怪《ようかい》ご近所会議

その日は夏の終わり頃《ごろ》だったけど、とても暑かった。

お父さんの仕事がお休みだったので、朝起きてからお昼まで、珠枝《たまえ》も一緒にお稲荷《いなり》さんの広場でたくさん遊んでもらった。

家に戻ると、お母さんは「いっぱい汗をかいたでしょ?」と、お風呂《ふろ》をわかしてくれていた。

珠枝は一緒に入ろうって言ったけど、ぼくはあとでお父さんと一緒に入ると断った。

もうぼくは子供じゃないんだし、珠枝は女の子なんだから、一緒に風呂に入るのは恥ずかしい。

珠枝があがってから、お父さんとぼくはお風呂でまた遊んだ。

水鉄砲やもぐりっこ。夜のお風呂より、昼のお風呂のほうが楽しいから好きだ。

「ああっ、またお父さんのシャツを着てる〜!」

風呂からあがったぼくは、先にあがっていた珠枝の格好を見て大声をあげた。

「いいではないか。この格好のほうが楽なんだ」

ちっとも悪いことをしたと思っていない顔で、珠枝はシャツの裾《すそ》をひらひらとさせた。

年上のくせに、珠枝はいつもだらしない格好をしている。

「それを着たら、お父さんのシャツがなくなっちゃうじゃないか！」

「なに、今日みたいな暑い日はパンツ一丁で十分だ。おまえも湯上がりぐらい、もっと楽な格好をしたらどうだ？」

「ぼ、ぼくはいいよ。風邪《かぜ》ひいちゃうもん」

そう言っているのに、珠枝はぼくのズボンをぐいぐいと引っ張る。

パンツも一緒に引っ張られて、おしりが半分顔を出す。

「いいから、いいから、おまえもパンツ一丁になってみろ。気持ちいいぞ～」

「や、やめてよ！　お母さんに言いつけるぞっ！」

ぼくはズボンとパンツを脱がされないようにと、一生懸命に引っ張り返しながら、いつもの切り札を叫《さけ》んだ。

「ふ、ふん……つまらんやつだな」

いつも意地悪ばかりする珠枝だが、お母さんには弱い。

だから、いざというときはこの一言が良く効く。

ぼくは珠枝の手から逃れると、冷蔵庫のほうに駆け寄ってうんしょと扉を開けた。

「あれ？」

プリンがない。

昨日の晩から楽しみにしていた、おやつのプリンが無くなっている。

「お母さん、プリンが無いよ！」

ぼくは叫《さけ》んだ。

「ああ、それならさっきワシが食べた。美雪《みゆき》さんにお供えしてもらってな」

「ええ〜っ、あのプリンはぼくのだったのにっ！」

「うむ、うまかったぞ。智宏《ともひろ》が大切にとっておいたプリンだったから、特にうまかった」

珠枝《たまえ》は意地悪そうに笑う。

あれは絶対にわざと食べたんだ。

珠枝はいつもそういう意地悪をする。前だってぼくのケーキのイチゴを取って食べちゃったことがある。でも、お母さんは珠枝に甘いから、そんな意地悪をいつも笑って許してあげちゃう。

もしかすると、お母さんはぼくより珠枝のほうが好きなのかも……

「もうっ、珠枝なんて大嫌いだ！　どっか行っちゃえ！」

ぼくは風呂《ふろ》上がりの格好のまま、外に飛び出した。

もう、珠枝のあんな意地悪には我慢できない。

珠枝なんてどっか行っちゃえばいいんだ。

そして、ぼくはその方法を知っている。

それはお父さんにやっちゃいけないって言われていることだけど……珠枝はいつもやっ

ちゃいけないことばかりしているんだから、これでおあいこのはずだ——

◆◇◆

久しぶりに子供の頃《ころ》の夢を見ていた智宏だったが、なにやら家の中が騒がしいのに気づいて目を覚ました。

同時にいままでの夢は記憶の隅に押しやられ、すぐに消えていく。

昨晩、ムカデ退治を終えて、母親に見つからないようにこっそりと部屋に戻ったときにはもう日付が変わっていた。そのうえ、珠枝や大ムカデのことなどがいろいろ頭に浮かんで、布団《ふとん》に入ってからもなかなか眠れなかったため、少し寝不足気味である。

夢うつつで時計を見ると、朝が早い母親はもう仕事に出かけているはずの時間。

智宏が起き上がって耳をすましてみると、部屋の前の廊下から誰《だれ》かの話し声が聞こえてきた。

「母さんじゃないよな……いったい誰だ？」

完全に目が覚めた智宏は、おそるおそるドアを開いて廊下をのぞいてみた。

すると、ゆで卵に手足を生やして浴衣《ゆかた》を着せたようなものが、ぽてぽてと部屋の前を歩いている。

「うわああっ！」

智宏《ともひろ》は反射的にドアを閉めようとしたが、足が滑ってその場に尻餅《しりもち》をついてしまった。

「おや、大丈夫ですか?」

その化け物は頭をぐいっと智宏のほうに近づけて、心配そうに尋ねてきた。その姿にしては予想外に渋い声で、なんとなく外国映画の吹き替えのような感じがした。

「な、な、なんだ、おまえはっ!」

「わたくし、二丁目の沼に暮らす石《いし》の怪《かい》なんですが……驚かせてしまいましたかね?」

「いったい何をしに来たんだ!?」

智宏は尻餅をついた姿勢のままずりずりと後退しつつ、その石の怪とやらに対して身構える。

「今朝は珠枝《たまえ》様にご挨拶《あいさつ》に参りましたんです」

「挨拶だって……?」

智宏が立ち上がろうとしたとき、石の怪の背中越しにひょいと珠枝が顔を出した。

「おお、智宏。すまんな、起こしてしまったか?」

「こっ、こいつはおまえの知り合いかよ?」

「そうだが……こいつが見えるのか?」

珠枝は意外そうな顔をしながら石の怪の横に立つと、なぜかその身体《からだ》に抱きついた。

「はっきりと見えているけど」

「ああ、そうか。昨日、ワシがおまえの目に力を与えたからだな」

珠枝《たまえ》は石《いし》の怪《かい》をバフバフと抱き締めながら、納得した顔で何度もうなずいた。

「どうでもいいけど、なんでおまえはそいつに抱きついているんだ？」

「うむ、こいつは石の怪のくせに実に抱き心地がよいのだ。いつもひなたぼっこばかりしているせいか、干した布団《ふとん》の匂《にお》いがする。おまえもやってみるか？」

珠枝は石の怪の胸に気持ちよさそうに顔を埋めて言った。

「いや、やめておくよ……」

「私としても、石の怪のプライドが微妙に傷つきますのでやめていただきたいですねぇ」

石の怪は頭をゆらゆらと揺らしながら、例の渋い声で遠慮《えんりょ》がちに訴える。プライドとか言っているが、その姿はどう見ても石というよりはクッションか何かに見えた。

「ああ、そうだ。起きたのなら、すまないがお茶をいれてきてはくれないか。五人分だ」

「お茶？」

「客が来ているのでな」

「客って……おまえのか？」

「近所の顔なじみだ。大丈夫、こいつのようにおとなしい連中ばかりだ」

珠枝はモタモタと歩く石の怪の背中を押しながら、奥の和室へと入っていった。

「茶菓子などいらんからなぁ！」

部屋に入り際、階段を降りようとする智宏《ともひろ》に向けて珠枝は大声で叫《さけ》んだ。

家神《いえがみ》は、家にあるものを勝手に食べたりしない。珠枝の言葉によると、家神はお供え物しか食べないのだそうだ。だが、催促はできるらしく、智宏にしてみれば自分で用意するのが面倒だからそんなことを言っているのではないかと疑うときもある。

その真偽のほどはさておいて、智宏はぶつぶつと文句を言いながらも五人分のお茶をいれてやり、ついでに台所にあった土産物《みやげ》のまんじゅうもお盆の上にのせてやった。お茶菓子はいらないと言われたが、珠枝の知り合いにしみったれた家だと思われるのも面白くなかったからだ。

「お茶を持ってきてやったぞ」

ふすまの前で智宏が呼びかけると、珠枝がふすまを開けてくれた。

「ああ、すまんな」

「なっ……」

部屋の様子を見て、さすがの智宏も言葉を失った。

珠枝の客たちは車座になって座っており、全員が智宏のほうを注目していた。

さきほど会った石の怪は、智宏を見てやわらかそうな頭をくてっと下げる。

その横には、黒鉄色《こくてつしょく》の大蛇《だいじゃ》が座布団《ざぶとん》の上でとぐろを巻いている。智宏を見ると、鎌首《かまくび》をもたげてピンク色の長い舌を挨拶《あいさつ》でもするかのようにチロチロ出した。

もう一匹は、最初、座布団の上に乗っているワタボコリかと思ったが、よく見ると、その中心には小さな目玉がついている。風もないのに常にモゾモゾと動いており、妙に落ち着きがなかった。

「すみません。お邪魔しております」

智宏《ともひろ》の手からお盆を受け取ったのは、さっきまでの連中とは違って人間そっくりの外見をしていたが、智宏に与えたインパクトは一番大きかった。

歳《とし》は二十歳ぐらい。

背は智宏より少しだけ高くて、黒髪をきれいに後ろで編み上げている。肌はきめ細かく、さわればとろりと溶けてしまいそうだ。

薄い桜色の着物に細い帯を締め、足は素足。輪郭はすっと細く大人の女性の雰囲気を漂わせる顔立ちだったが、ぱっちりとした目だけは少しだけ子供っぽさを残している。

彼女が智宏の手からお盆を受け取るとき、ほんのりと甘い花のような香りが漂った。香水のような人工的なものではなく、彼女自身から漂う不思議な香りだった。

「こ、この家で宴会でもはじめるつもりかよ？」

思わず見とれてしまいそうになったが、なんとか憮然《ぶぜん》とした表情を保ちつつ、智宏は精一杯の威厳《いげん》をこめて皮肉を言った。

「いや、こいつらはワシの顔を見に来ただけだ。すぐに帰る」

「お騒がせしてすみません」

全員にお茶を配り終えた着物の女性が、お盆で口元を隠しながら上目遣いで智宏に詫《わ》びた。そんな目つきで見られると、どうしても表情はゆるんでしまう。

「こら、うちのものに色目使うな」

「そんな珠枝様《たまえ》ぁ〜」

「こいつは桜の精だからな、油断しているとたらし込まれるぞ」

珠枝は不機嫌そうに智宏に注意した。

「えっ、この人も人間じゃないのか？」

服装は浮世離れしているが、外見からは人間にしか思えない。珠枝からの紹介でなければ、彼女が桜の精だと言われても信じられなかっただろう。

「いやだ、前にもお会いしたことあるじゃないですか」

「そ、そうだっけ？」

「この家の前の通りをずっと行ったところに、小さな社《やしろ》がありますでしょう？　その境内《けいだい》に生えている桜です。好香《このか》と呼んでください」

好香は自己紹介をしながら、智宏に流し目を送った。珠枝に注意を受けていなかったら、健全な高校生である智宏など、これひとつでコロリと騙《だま》されてしまいそうな流し目だ。

「こいつは春が終わって、暇《ひま》をもてあましているからな。気をつけろよ、智宏」

珠枝は好香から受け取った茶をズズッと年寄り臭《くさ》くすすった。

「じゃ、じゃあ、ごゆっくり」

これ以上いると、本当に好香の色気に当てられそうだったので、智宏は早々に部屋を出ようとした。

「ちょっと待て」

「なんだ、まだなんか用があるのか？」

「これからの話はおまえにも関係あることだ。ちょっとだけここに座れ」

珠枝《たまえ》は自分の座布団《ざぶとん》を裏返して、智宏《ともひろ》に勧めた。

「ん……」

登校前の忙しい時間であったが、珠枝の口ぶりは真剣そのものだった。しかたなく、智宏は妖怪《ようかい》たちの間に入って正座をした。

好香《このか》以外の連中の表情はさっぱり読めないが、なんとなくみんな緊張しているということは伝わってくる。

「さて、皆の衆……そろって、茶飲み話をしに来たというわけではあるまい？」

珠枝が口を開くと、ワタボコリがキュッと小さく固まった。

大蛇《だいじゃ》もさかんに舌を出しては、落ち着き無さそうに鎌首《かまくび》をユラユラと揺らしている。

「ええ、まあ……なんといいますか」

石《いし》の怪《かい》は短い手で柔らかな頭をさすりながら、はっきりしない口調で喋《しゃべ》る。

「わかっておる。昨晩のことで来たのだろ？」

「は、はあ、ちょっと気になりましたもので」

石の怪はたらんと頭を垂らした。

「よいよい、当然のことだ」

珠枝《たまえ》は石《いし》の怪《かい》の頭をさわさわとなでる。もっとも、それは慰《なぐさ》めているとか、かわいがっているというより、単にその触り心地を味わっているだけという感じだった。

「それって、あの大ムカデのことか？」

「そうだ。ワシが奴《やつ》を喰《く》らったことが気がかりなのさ」

「まさか、あの大ムカデの仕返しに来たってわけじゃないだろうな」

智宏《ともひろ》は少し腰を上げて、身構えた。

「いや、滅相もない」

石の怪は短い手を、さかんに横に振った。

「こいつらは自分たちもワシに喰らわれるのではないかと警戒して、様子を見に来ただけだ」

「珠枝が、こいつらを食べる？」

「大ムカデよりは旨《うま》そうだろ」

珠枝は石の怪の頭をもみもみする。よほど、その手触りが気に入っているらしい。

「いや、旨そうには見えないけどな」

「そのとおりです。私なんて、ちっとも美味《おい》しくないですよ！」

石の怪は珠枝の手を振りほどいて、文字通り転がるようにして部屋の隅に逃げた。

「こらこら、冗談だ。そんなに怖がるな」

珠枝はそんな石の怪の姿を見て、カラカラと笑う。

「よかった。どうやら、いつもの珠枝様のままのようですね」

好香《このか》はニッコリと嬉《うれ》しそうに笑って言った。

「なんで珠枝がそんなことをするなんて思ったんだ」

「そう思って当然だろう。実際、昨日の晩、ワシは大ムカデの奴を喰らったのだから」

「けど、あれはあいつが悪い化け物だったからだろ」

「おまえの決めた善悪など、こいつらにとっては意味の無いことだ」

「それは……」

智宏は目の前に座る妖怪《ようかい》たちから目をそらして、少しだけうつむいた。

珠枝の言葉の意味は理解できる。

人間の決めた善悪は、あくまで人間主体に決められた狭い考えでしかない。人に害をなすから害虫、人の益となれば益虫。そんな判断基準など虫には何の意味も持たない。

それは妖怪にとっても言えることだった。

珠枝があまりに人間に近いので、智宏はつい自分と同じ価値観を持つものとして考えてしまいがちだったが、その精神の根幹は人間とは異質なものなのだ。

「ワシは智宏に望まれて、あの大ムカデを喰らった。家神《いえがみ》として縛られているから、望まれればやむを得ない。だから、もし智宏が望めばおまえらを喰らうこともあるだろう」

妖怪たちは一斉に智宏の顔を見た。

「そ、そんな言い方……」

「こういうことははっきりとさせた方がよいのだ」

智宏《ともひろ》の抗議に、珠枝《たまえ》は耳を貸さない。

「もちろん、ワシが自らおまえたちを喰《く》らいたいと思うようなことは無い。つまりは、すべては智宏次第ということだ」

ワタボコリはキュキュキュと身体《からだ》を小さくして、チラチラと智宏を盗み見ている。おそらくは怯《おび》えているのだろう。石《いし》の怪《かい》もソワソワと落ち着きがないし、大蛇《だいじゃ》にいたっては音もなく部屋から逃げ出そうとしている始末だ。普通、人間のほうが妖怪《ようかい》を怖《おそ》れるものだというのに、これではまるであべこべだった。

「それじゃあ、俺《おれ》が全部悪いみたいじゃないか」

「安心しろ。人間の善悪に我々が縛られないのと同様、我々の善悪でおまえを縛るつもりはない。これで公平だろう？」

「公平って」

部屋にいる妖怪たちの様子を見る限り、このままでは自分が悪者だった。

「もちろん、おまえがこれから我々と人間の両方の善悪について心を配るというのなら……それはとても良いことだと、ワシは思うぞ」

好香《このか》と石の怪は、珠枝の言葉に同意するようにコクコクと何度もうなずく。

「……そんな言い方されたら、そうするしか無いだろ」

「よろしい。その心構えをこれからも大切にしろよ。そうすれば罰も当たるまい」

「わかったよ。昨日のことだって、おまえが消えてしまうって言ったから……」

智宏は言葉を濁らせた。

昨晩のことも、結局は自分の都合を珠枝に押しつけたことには変わりはない。

「皆の衆、このように智宏は無闇《むやみ》におまえたちに害をなすようなことを望む子ではない。安心してくれ」

「珠枝様がそうおっしゃるなら」

「昔は、妖怪というだけで毛嫌いする人間もいましたからねぇ。智宏さんが度量の大きなかたで良かったです」

石の怪が短い手で腕組みをしてゆらゆらと大きな頭を左右に揺らすと、好香も嬉《うれ》しそうにうなずいた。

「ところで、そろそろ学校に行った方がよいのではないのか？」

一段落したところで、珠枝は言った。

「うわっ！」

たしかに時計を見てみると、遅刻ギリギリの時間になっている。

「珠枝、こいつらが帰ったら、ちゃんと戸締まりしておけよ」

「ああ、わかったわかった」

「じゃあ、行ってくる！」

「いってらっしゃ〜い」

途端に和《なご》やかな雰囲気になった妖怪《ようかい》たちに見送られながら、智宏《ともひろ》はあわてて階段を降りていった。

◆◇◆

「安部公房《あべこうぼう》が記憶喪失者や失踪者《しっそうしゃ》を描くことで、既成概念に捕らわれない世界を描こうとしたことはわかりました。では、なぜ彼は現実の否定――いや、逃避とも思えるほど徹底して、そのような世界を描こうとしたのでしょうか?」

その男子生徒は質問をし終わると、ゆっくりと席に座り、教壇に立つ先生の顔を興味深げに見つめた。

他《ほか》の生徒たちも私語をすることなく、じっと質問への回答を待っている。

智宏は腕時計をチラリと見て、そのあと国語の教科書を眺めた。そこには、安部公房という昔の作家の書いた、智宏には意味のよくわからない短編小説が載っている。

教科書から顔を上げると、先生はまだ質問の答えに悩んでいる最中だった。

先生の名は本間真智子《ほんままちこ》と言い、このクラスの担任でもある。まだ若く可愛《かわい》い感じの先生で、男子に人気が高い。

「ええと、安部公房は子供時代を満州《まんしゅう》で過ごしていたため、日本の風土というものに馴染《なじ》みが薄かったんですね……それで……あの……」

本間先生がしどろもどろになってきたところで、彼女を助けるかのように終業のチャイムが鳴った。

「あ、時間ですね。では、この質問については次の時間にお答えします。はい、起立、礼。では、さようなら〜」

本間先生はそそくさと号令をすると、逃げるように教室を去っていった。

それをしばらく無言で見送っていた生徒たちだったが、扉が閉まり、本間先生の足音が聞こえなくなったところで一斉に笑いはじめた。

このクラスの男子の間では、本間先生の授業のときにわざと難しい質問を用意して、彼女を困らせるという悪戯《いたずら》が流行《はや》っていた。質問する生徒は、その時の授業課題を徹底的に予習しないといけないため、なかなか手間のかかる悪戯だったが、小学生の男子が好きな女子をいじめるのと同じノリで男子生徒たちは楽しんでいた。

「次は智宏がやれよ」

さきほど安部公房について質問をした男子生徒が、智宏の席の前に立つ。名前を吉村辰《よしむらたつ》則《のり》といい、友達づきあいの悪い智宏にとっては数少ない友人のひとりだ。

「俺《おれ》がかよ。面倒だなぁ」

「おまえ、頭いいんだから楽勝だろ。次の課題も安部公房だから、俺が集めた資料を貸してやるよ」

おそらくいまこの現時点で日本一安部公房にくわしい高校生である辰則は、分厚い本を何冊もどさっと智宏《ともひろ》の机に置いた。どれもこれも難解な文学研究書だ。

「おまえ、これ全部読んだのか？」

「本間《ほんま》先生の困った顔を見るためなら、どうってことないさ。読み終わったら図書館に返しておいてくれよ」

自分の好きなことに、尋常ならざる情熱をかけることができるのが、辰則《たつのり》の良いところであり、悪いところでもある。

「マジかよ……」

この悪戯《いたずら》のルールでは、次の質問者に指名されてしまった者に拒否権はない。しかたなく、智宏は渡された安部公房《あべこうぼう》に関する研究書をカバンに詰め込んだ。

「わぁ、すごい量の本……」

本でふくれあがった智宏のカバンを見て、同じクラスの有坂瑞穂《ありさかみずほ》は呆《あき》れた顔をする。あまり似合っていないメガネに、おさげの髪がトレードマークだ。

「押しつけられただけだよ」

「そうなの？　でも、男子は趣味悪いよね。先生も可哀想《かわいそう》」

「質問当番をすると、次の定期テストの成績がアップするってジンクスがあるからな。生徒の成績が良くなるんなら、先生も本望だろ？」

「愛情表現は、もっと素直なほうがいいよ。小学生じゃないんだから」

クラスの女子の間では、この悪戯は賛否両論だった。もっとも、授業が潰《つぶ》れるということに関しては、半数以上が賛成をしているので邪魔をするようなこともなかったのだが。

「俺《おれ》は別にやりたくてやっているわけじゃないからな」

資料をカバンに詰め終わると、智宏は席から立ち上がった。

昼休みの時間なので、学食に行くか、パンを買いに行かなければならない。

「ああ、待って。これおみやげ」

そう言って、瑞穂は智宏の机に可愛《かわい》らしく包装された小さな包みを置いた。

「おみやげ？」

「この前の連休に家族旅行したの」

「ああ、そういや……」

母親が瑞穂の家からもらったまんじゅうの話をしていたことを思い出した。今朝、珠枝《たまえ》たちに出してやったまんじゅうである。

智宏と瑞穂の家は近所同士で、二人の母親は古くからの友人だった。そのため智宏と瑞穂も幼い頃《ころ》からの顔見知りで、いわゆる幼なじみというやつである。小学生の頃まではよく遊んだものだが、さすがに最近は昔のようにはいかない。瑞穂のほうでは、昔と同じように接してくるのだが、智宏は素っ気ない態度を取ってしまうことが多い。

「ほんとは月曜日に持ってこようと思ったんだけど。きれいに包み直そうと思ったら、なかなかうまくいかなくて……」

「ふ〜ん」

智宏《ともひろ》は包みをつまみあげる。

薄手の包装紙で巾着袋《きんちゃくぶくろ》のように包み、細いリボンで口を結んである。普通の土産《みやげ》物屋では、こんな凝った包装はしてくれないだろう。

包みの大きさと持った感じで、智宏にはだいたい中身の予想がついた。

「ガラス細工?」

「そうなの。可愛《かわい》いのがあったから」

瑞穂《みずほ》がお土産を買ってくるときは、たいていがガラス細工の動物だった。

その土地の名物といったものには関心がないようで、いろいろな店をハシゴしてはガラス細工の動物を見つけてくる。それだけ見ても、どこに旅行に行ったのかわからない気がするのだが、瑞穂にとってはそれでもかまわないらしい。

「そうなんだ、ありがとう」

智宏はその包みを、安部公房《あべこうぼう》の資料と一緒にカバンにしまった。

「あっ……」

瑞穂は何か言いたげだったが、智宏がカバンをしめたのを見て、そのまま口を閉じた。

「どうした?」

何も言わずに机の前に立つ瑞穂に、智宏は不思議そうな顔をする。

「そうだ、智《とも》ちゃん。お昼一緒に食べに行かない?」

「どうしたんだ。いつも弁当なのに」

「お母さん、また旅行に行ってるの。この前、行ってきたばかりなのにね」

「おばさん、あいかわらず旅行が好きだな」

「今日のお昼には帰ってくるんだけどね。そんなことより、早く行かないと混《こ》んじゃうよ」

「いまからじゃあ、もう混んでるよ。少し待ってから行ったほうが並ばないですむ」

「それだとゆっくり食べられないじゃない。智《とも》ちゃんは食べるの早いからいいけどさ」

「だったら、先に行けば？」

「……あ、そう。じゃあいいよ」

瑞穂《みずほ》はぷいっとそっぽを向くと、そのまま教室を出て行ってしまった。

ちょっと邪険にし過ぎたかと内心では思いながらも、謝るのも面倒だったので、智宏《ともひろ》は無視を決め込むことにした。

「智宏、あれはないんじゃないか？」

二人のやりとりに聞き耳たてていた辰則《たつのり》が、智宏の机に座りながら言った。

「何が？」

「いくら幼なじみだからって、あんな態度をしてたら嫌われちゃうぜ」

「瑞穂のことか？」

いつもは智宏と瑞穂のことをおもしろ半分に冷やかしてくるくせに、今日の辰則は少しだけ真剣な顔をしている。

「おまえ、有坂《ありさか》のこと嫌いなのか？」

「別に……ただ、苦手なだけだよ」

「好きだからわざと冷たい態度をとるとか、そういう小学生のノリじゃないだろうな」

「違うって。そういうんじゃないんだ。もっと、何か……」

智宏は手のひらにじわっと汗がにじみ出すのを感じた。

得体の知れない感情が心に渦巻く。それは原因のつかめない漠然とした不安。

「いいから、仲良くやれよな。可愛《かわい》い幼なじみなんて天然記念物モノなんだから、大切にしないと罰が当たるぞ」

そう言い残して、辰則も教室から出て行ってしまった。

ひとりだけ教室に残された智宏は、瑞穂からもらった包みをカバンから取り出した。

包みを開けると、それはオットセイのガラス細工だった。ビーチボールを鼻に乗せたポーズを取っている。

「オットセイ……って、いったいあいつはどこに旅行してきたんだ?」

智宏は苦笑いを浮かべた。

瑞穂は昔も今も変わらない。

けど、自分は昔とは違う。

——じゃあ、いつから変わったのだろう?

たしかに、昔はもっと仲が良かったはず。変わったのは自分のほうだ。

——じゃあ、その理由はなんだろう?

疑問の答えを探そうと、昔を思い返した智宏《ともひろ》は、首筋あたりをチリチリと刺激する原因不明の焦燥感がわき起こるのに気づいた。

何かを忘れているような気がする。

それは、とても大切なことだったはずなのに……

答えを求めるように、智宏は自分の席から窓の外を眺めた。

「なっ？」

窓から見える校門付近に、見知った人影が立っていた。

珠枝《たまえ》と兼康《かねやす》の二人である。

「なっ、なっ、何しに来たんだ、あいつらっ⁉」

それを見た智宏はガタンと椅子《いす》を鳴らして立ち上がると、全速力で教室を飛び出した。

◆◇◆

珠枝は兼康を引き連れ、意気揚々と校舎内を散策していた。

昨日の晩と同じ、Tシャツとスパッツという姿。あと、智宏の部屋にあった帽子を拝借して被《かぶ》っていたが、サイズがあわなくて斜めにのせているといった感じだ。その背中にはウサギの形を模したピンク色のリュックを背負っている。

その珍しくも可愛《かわい》らしい客に生徒たちは好奇の目を向けていたが、珠枝はまったく気に

もかけずに楽しげに歩き回っている。

反面、珠枝《たまえ》の後ろからついてくる兼康《かねやす》のほうは、とても居心地悪そうだった。

「珠枝様、いかがですか?」

「なんとも言えんなぁ」

学食の様子を眺めていた珠枝は、鼻歌交じりに答える。

「本当にこの学校に不穏な気配があるんですか?」

「おまえは感じないのか。未熟者め」

「はあ、すみません」

兼康は首をかしげながら、調子を確かめるように耳につけているイヤホンを指でコンコンと叩《たた》いた。

「ところで、ガクショクというのはどれなんだ?」

「へっ?」

「智宏《ともひろ》のやつが、よく食べているらしいんだが」

「学食ですよね?」

「よほど好物なのか、それともそんなに美味《おい》しいものなのか……?」

珠枝は学食で生徒たちが食べているものをきょろきょろと見渡す。

「いや、学食というのはですね——」

兼康が学食とは料理名ではないことを説明しようとしたとき、その表情がこわばった。

「珠枝様、たしかに何か感じますね」

「ふん、ようやく気づいたか」

珠枝はにやりと笑って、気配のした方向を振り返った。

そこにいたのは、智宏と別れてひとりで学食にやってきた瑞穂《みずほ》であった。

「ようっ」

珠枝は気安く手を挙げて挨拶《あいさつ》をしたが、瑞穂のほうは首をかしげている。

「え、えっとぉ〜、どなたでしたっけ？」

瑞穂はおそるおそる二人に近づいて、申し訳なさそうに尋ねる。

「おや、忘れてしまったか？　ずっと前に会ったことがあるはずだが」

「ずっと前って……」

珠枝の年格好に似合わない口調に戸惑いながらも、瑞穂は古い記憶をたどる。

たしかに、珠枝の顔には見覚えがある気がした。

それはずっと昔、もう何年も前の忘れかけた記憶。

「まあ、無理に思い出してくれなくても良い」

瑞穂がもう少しで思い出せそうになったとき、珠枝がぽつりと呟《つぶや》いた。

すると、瑞穂の記憶もすっと水に流されるようにどこかへ消えてしまった。

「珠枝様、この子が？」

騒がしくも和《なご》やかな学食の雰囲気に似合わない真剣さで、兼康は珠枝に問いかける。

「ちょっと黙っていろ」

そんな兼康《かねやす》を珠枝《たまえ》は一言で黙らすと、瑞穂《みずほ》のほうへ歩み寄った。

「な、何？」

「そんなに警戒せんでもいい。ワシは智宏《ともひろ》の知り合いだ」

「智《とも》ちゃんの？」

「そうだ、いつも智宏が世話になっているから、おまえに礼を持ってきたのだ」

珠枝はなんの脈絡もなくそう言うと、背中のリュックから紙袋を取り出した。

「えっ？」

あまりに突然の贈り物に瑞穂は少し驚いたが、珠枝の真剣な表情を見てとりあえずは受け取ることにした。

「開けてもいい？」

「かまわんぞ」

瑞穂がおっかなびっくり紙袋を開けてみると、その中身は一個の大きな干《ほ》し柿《がき》だった。

「あ、えっと……ありがとうね」

その渋すぎるセンスに微妙な顔をする瑞穂だが、珠枝のほうはとても満足げだった。

「それは子守柿《こもりがき》というお守りだ。大事にしてくれ。粗末にすると罰が当たるからな」

「これがお守り？」

瑞穂は干し柿を手にしてしげしげと見つめた。やはり、どこから見てもそれは何の変哲もないただの干し柿に思える。

「ほぉ……子守柿ですか。これはこれは珍しいものを」

そんな干し柿を、兼康はとても興味深そうに見つめている。

「おまえにはくれてやらん」

「いや、そんなつもりで言ったわけじゃないのですが……いや、ほんとに珍しい」

干し柿を見てしきりに感心している兼康の様子を見ていると、瑞穂もなんだかこの干し柿が御利益《ごりやく》のあるもののように思えてきた。

「ところで、あなたは智ちゃんとどんな関係なの？」

「ん、ワシか？　ワシはな――」

「こらっ、何やってるんだ！」

珠枝が答えようとしたとき、突然、二人の間に智宏が駆け込んできた。

「よおっ！」

元気よく手を挙げて珠枝が挨拶《あいさつ》をする。

「あ、智ちゃん」

背後からやってきた智宏は、額に汗をかき、ぜえぜえと息も荒い。

それもしかたのないことで、いままで珠枝を捜して校内中を駆け回っていたのだ。

「ちょ……ちょっと来い！」

智宏は無理に息を落ち着かせながら、珠枝の手を引っ張って学食の外へと連れ出す。

「どうしたんだ、智宏《ともひろ》。そんなに血相を変えて？」

「なんで、こんなところに来たんだ！」

「いや、学校というものは賑《にぎ》やかで良いものだな」

智宏の剣幕にも、珠枝《たまえ》は少しも動じた様子を見せない。

「俺《おれ》の質問に答えろ！」

「まあまあ、この学校に来たのは私のせいなんですよ」

兼康《かねやす》が小さく頭を下げながら、まわりに聞こえないように小声で囁《ささや》いた。

「あんたの？」

「実はですね、珠枝様にはこの土地に澱《よど》んでいる邪《よこしま》な気配の調査をお手伝いしていただいているんですよ……」

「それでなんで学校に来るんだよ」

「珠枝様が怪しいというものですからね。たしかに良くない気配が感じられます」

そう言って、兼康はいつも耳につけているイヤホンをコンコンと指先で叩《たた》いた。

「前から智宏の学舎は見たいと思っていたからな。ちょうどよかったぞ」

「おまえらなぁ、勝手に学校に入ったりしたら捕まるぞ。珠枝はともかく、あんたは変質者に間違われそうだからな」

「失礼な。ちゃんと校長の許可はとってありますよ。こう見えても国家公務員ですから、地方自治体には顔が利《き》くんです」

兼康は心外そうな表情をするが、その情け無い顔は、国家公務員というよりは流行《はや》らないコンビニの店長といった感じだ。

「で、瑞穂《みずほ》に何を話していた?」

「ん、なんのことだ?」

「とぼけるな。たったいま、瑞穂と話をしていただろう!?」

「おお、もしかして、あの子が瑞穂だったのか。いやぁ、大きくなって、すっかり年頃《としごろ》の娘だなぁ」

　珠枝は遠くを見つめるような目をして、年寄りのような口調でしみじみと呟《つぶや》く。

「それに何か渡していただろ?」

「えっ、ワシは何も渡していないぞ」

「嘘《うそ》をつくな」

「ああ、落とし物を届けてやっただけだ。気にするな」

「だから、嘘を……」

「いや、ほんとだぞ。ワシはただそれを親切に届けてやっただけだ。それが、まさかよくウチに遊びに来ていた、あの女の子だったとはなぁ。ワシはびっくりしたぞ!」

　その致命的に下手《へた》な嘘を、珠枝は堂々と押し通そうとする。

「わかった……わかったから、さっさと帰ってくれ。頼むから」

　珠枝との問答に疲れ果てた智宏は、最後の願いとばかりに懇願《こんがん》した。

「言われんでも帰るよ」

「え、ほんとに？」

「もう、用事はすんだからな」

「ほんとに帰るんだな」

「くどいぞ。じゃあな、智宏《ともひろ》」


そう言い残して意気揚々と学食を去っていく様子から見ると、どうやらこのまま帰るというのは嘘《うそ》ではないようだ。

珠枝《たまえ》は猛烈に嘘が下手《へた》なので、もし嘘だったらもっと態度に出るはずだった。

「変わった子ね」

「うわあっ！」

いきなり瑞穂《みずほ》が背後から声をかけてきたので、智宏は大声をあげて驚いた。

「何よ、そんなにびっくりして」

「あ……いや、ごめん」

智宏はチラチラと瑞穂の手にもっている紙袋を見ながら言った。

「誰《だれ》だっけ、あの子」

「え、ああ……親戚《しんせき》の子なんだ」

「へえ、そうなんだ。いま、智宏の家にいるの？」

「あ、ああ、ちょっとだけな。遊びに来てるんだ」

「今度、ウチに連れてきてよ」

「なんでだよ」

「いいじゃない。昔はよく遊びに来てたじゃない」

「親に連れられてただけだ」

「そりゃあ……そうだったかもしれないけど」

瑞穂は下唇を噛《か》んで、少し頰《ほお》をふくらませる。

「それより、その紙袋……」

「なあに？」

「いや、何が入っているのかな……って」

智宏は珠枝がいったい何を渡したのか気になってしょうがなかった。

「別にいいでしょ。内緒よ」

そんな智宏の内心を見透かしてか、瑞穂は悪戯《いたずら》っぽく笑いながら答えた。

「なんでだよ。いいじゃないか、教えろよ」

「い〜や〜よっ！」

瑞穂にわざと紙袋を智宏の前に見せびらかしながら、学食の中へと駆けていく。

「お、おい、瑞穂！」

智宏はそんな瑞穂を追いかける。

「なんでそんなに気になるのよ〜」

「別にいいだろ！」

「教えてくれなきゃ、こっちも教えてあげないもん」

情けない顔をして中身を聞き出そうとする智宏《ともひろ》に瑞穂《みずほ》はベエッと舌を出した。

それから一緒に昼食を食べている間、智宏は何度も紙袋のことを尋ねたが、結局その中身は教えてもらえなかった。

智宏はそのことを大いに不満に思ったが、なぜか瑞穂は嬉《うれ》しそうに学食から教室へと戻っていった。

【第三章】生意気娘とたんころりん

第三章　生意気娘とたんころりん

学校から出た珠枝《たまえ》は、兼康《かねやす》の運転する高級セダンに乗っていた。

エンジン音は静かで、サスペンションは良好。実に快適な乗り心地だ。

兼康は助手席にちょこんと座っている珠枝に話しかけた。

「あの子はいったい？」

「ん、なんのことだ」

「いや、学校で会った女の子のことですよ」

「ああ、そうだな。思ったより仲良くやってくれているようだ」

「仲良く、と申しますと？」

運転をしながら、兼康は横目で珠枝を見た。

「ワシは、智宏《ともひろ》のやつがあの子に嫌われているんじゃないかと心配していたのだが」

「いや、そうじゃなくて、彼女につきまとっていた悪い気配についてですよ。私では、その正体まではわからなかったんですが」

「ああ、そのことか」

珠枝は兼康の問いにはあまり関心のない様子で、車のパワーウインドウを開けたり閉めたりして遊んでいる。

「珠枝様には正体はわかっているのですか」

「まぁあぁなぁぁぁ」

珠枝は窓から入り込んでくる風を顔面でぶわわっと受け止めながら答えた。こうして見ていると、車が物珍しいだけのただの子供のようだ。

「……ところで、もう昼も過ぎましたし、食事でもご一緒にどうでしょう。何か食べたいものはありますか？」

あきらかにこの話には関心が無い様子なので、兼康は話題を変えることにした。

「そうだな、ご馳走《ちそう》してくれるというのならば、ワシは『ふぁみれす』に行きたい」

「ファミレスですか？　もっと気の利《き》いた店を探しますよ」

兼康は信号待ちをしている合間に、最新式のカーナビでこのあたりで食事の出来る場所を検索する。

「いいから『ふぁみれす』に連れて行け」

「はあ……でしたら、そこの店でいいですか？」

ちょうど進行方向に、ファミレスのチェーン店の看板が見えた。

「あれが『ふぁみれす』なのか。意外と近所にあったんだな」

「まあ、あれもファミレスですよ」

珠枝《たまえ》がファミレスがいかなるものか知らないことは薄々気づいていたが、兼康《かねやす》は説明するのも面倒に思い、言われるがままに車をそのチェーン店の駐車場へ入れた。


「おい、これとこれも食べたいんだが」

「どうぞいくらでも頼んでください」

「じゃあ、注文してくれ」

珠枝にねだられ、兼康はメニューを片手にウェイトレスを呼んだ。

「ええとね、このパフェとアイスをひとつずつ」

「少々お待ち下さい」

ウェイトレスは笑顔で注文を受けると、すでに珠枝が完食したデザート皿をテキパキと片付けていく。

「ショートケーキを最後の一切れまで倒さずに食べられると、幸せな気分にならないか?」

珠枝は皿の上のケーキを慎重に切り分けながら言った。

「珠枝様、食べたいものがあったらご自由に頼んでいただいて結構ですよ」

「家神《いえがみ》は供え物しか食べんのだ。そのぐらい知っているだろう」

うるさそうに答えてから、珠枝は切り分けたショートケーキを一切れ口に入れた。

「うむ、なかなかうまいな。あと、これも食べてみたいのだが?」

「どうぞどうぞ。ああ、ウェイトレスさん、このメニューに載ってるデザート、全部持ってきてくれる?」

「は、はい!」

兼康の大胆な注文に、ウェイトレスはあわてて厨房《ちゅうぼう》へと戻っていった。

「気前がいいな」

「まあ、このぐらいでしたら経費で落とせますから。どうぞ遠慮《えんりょ》無く」

「ふん、悪徳役人め……いずれ罰が当たるぞ」

そう言いながら、珠枝は最後のショートケーキをフォークで刺そうとしたが、微妙なバランスで立っていたそれはポテッと皿の上に倒れてしまった。

「おや、残念」

横目で見ていた兼康がぽつりと呟《つぶや》く。

「むぅ……」

珠枝は倒れたショートケーキを無念そうにしばらく見つめていた。


「お、おまたせしましたぁ」

珠枝がケーキを食べ終えた頃《ころ》、お盆に一杯のデザートを乗せたウェイトレスが二人ほどやってきた。

「失礼いたしま〜す」

ウェイトレスたちは、プロならではの手際の良さで珠枝たちのテーブルに大量のデザートを効率よく並べていく。和洋折衷のメニューが売り物のファミレスだけあって、そのレパートリーはたいしたものである。

「ほお、これは盛観だな」

珠枝《たまえ》は色とりどりのデザートに満足そうな顔をする。

「甘いものがお好きなんですね」

「なんだって食べるぞ。いまは甘いものを食べたい気分なだけだ」

「はあ、そうなんですか」

「ん、これはプリンか？」

「そのようですね」

珠枝の目の前には、何の変哲もないプリンアラモードの皿が置かれている。

「そうか……」

「お嫌いでしたか？」

「いや、そうではないが。プリンを食べるのはひさしぶりだと思ってな」

「プリンに何か思い入れでも？」

珍しく珠枝の表情が曇ったのを見て、兼康《かねやす》は不思議そうに問いかけた。

「うむ、まだ智宏《ともひろ》が幼い頃《ころ》の話だ。プリンのことで大喧嘩《おおげんか》をしたことがあってな」

「ほう、智宏君と？」

「智宏のプリンを、ワシが食ってしまったのだ。それを知った智宏はたいそう怒ってな」

「まあ、子供というのはつまらないことで喧嘩《けんか》をするものですからね」

兼康は当たり障《さわ》りのない相づちを打つ。

「だが、そのときはひどく恨《うら》まれたもんだよ。いなくなってしまえとまで言われたものさ」

「いまの智宏君からは考えられないですね。いまどきの子にしては珍しいですよ。あんなにも家神《いえがみ》を大事にしている子なんて」

「ちょっとしたきっかけがあってな。それ以来、智宏はワシを大切にするようになった」

「ほう、どんなきっかけで？」

「いま語るようなことではない」

珠枝の顔は沈んだままだ。

「でも、どんなきっかけであれ、家神を大事にするということは良いことでしょう？」

そんな珠枝を気遣うように、兼康は言った。

珠枝はプリンを一口食べると、しんみりした声で呟《つぶや》いた。

「そうなのだ。ワシはそのことを良いことと喜んでしまった。これは家神の性《さが》だな——まったく度し難い」

兼康は珠枝が何を言いたいのか理解できずに、その言葉に対して無言のままでいると、そんな重い雰囲気を一発で打ち消すような怒声が店内に響き渡った。

「あぁっ、こんなところにいたぁ！」

何事かと、客たちの視線が入口に立つ声の主に集まる。そこにいたのは、この田舎《いなか》町では珍しいストリート系ファッションに、ちょっとごてっとしたシルバーアクセサリーを合わせ、穴の開いたビンテージものっぽいダメージジーンズをはいた少女だった。

「うわっ、真希《まき》！」

兼康《かねやす》はその少女を見て苦い顔をした。

「なんで連絡をくれなかったのよっ！」

少女は店内の注目を一身に集めながら、ツカツカと珠枝《たまえ》と兼康のテーブルへとやってくると、バンッとテーブルを手のひらで叩《たた》いた。

年頃《としごろ》は智宏《ともひろ》と変わりないぐらい。大きな目は猫のようなつり目で、しゃべると八重歯が少し目立ち、活発そうな印象を受ける。

「ええと、お騒がせしてすみません。こいつは私の妹で真希と言います。あと、後ろにいるのはコヒロと言いまして、まあ、この子のお目付役というか、お守《も》りというか……」

兼康はおしぼりで汗を拭《ぬぐ》いながら、珠枝に二人を紹介をした。

「コヒロと申します、お見知りおきを」

いつのまにか真希の後ろには、落ち着いた雰囲気の大人の女性がやってきていた。

黒を基調とした服装で、特にしっとりと足を包み込む丈の長いスカートがよく似合っている。浮世離れした色白さと、艶《つや》やかな黒い長髪。表情はどこまでもおだやかだったが、その内心に秘められた感情を読み取ることは難しい。

「国交省で私と同じ仕事をしていまして。この土地にも同じ調査目的で来ています」

「兄妹《きょうだい》でねぇ、ご苦労なことだ」

「で、その子は誰《だれ》なの？」

兼康が紹介している間、ずっと珠枝をきつい目でにらみつけていた真希が口を開いた。

「ええと……」

兼康がまわりの客たちの目を気にして珠枝の正体について説明に窮《きゅう》していると、キラリと真希の目が光った。

「まさかお兄ちゃん、援助交際じゃないでしょうね？」

「ば、馬鹿《ばか》なこと言うな！」

兼康は思わず席を立って否定した。

「こ、こんな小さい子に手を出すなんて。知らないのなら教えてあげるけど、それって立派な犯罪なのよ！」

「だから、違うと言ってるだろう。このかたは家神《いえがみ》の珠枝様だ。よく霊格を見てみろ」

兼康は真希の耳に顔を近づけると、ひそひそと耳打ちをする。

「家神、まさかぁ？」

真希は笑いながらコヒロのほうを振り向くと、コヒロは兼康の言葉を肯定するように、黙ってうなずいた。

「えっ、ええっ、ほんとに人間じゃないの？」

真希はマジマジと珠枝を見つめる。

「彼女は家神《いえがみ》にしては霊格が高いからな。修行の足りないおまえには、人間に見えてしまうのもしょうがないかもしれんな」

兼康《かねやす》は皮肉を交えて言う。

「な、何言ってるのよ。この子が家神であることぐらい、最初から気づいていたわよ」

「わかった、わかった」

「ていうか、そいつがこのあたりの風の乱れの原因なんじゃないの？」

真希《まき》は強引に話題をすり替えようとする。

「ほお、小娘。ワシに喧嘩《けんか》を売っているのか？」

いままで黙って楠木兄妹《くすのききょうだい》のやりとりを聞いていた珠枝《たまえ》は、デザートスプーンを真希に突きつけ不敵に笑った。

「なっ！」

突然、真希の身体《からだ》がまるで凍り付いたかのように動きを止めた。

「どうした小娘？」

ぴたりとスプーンを突きつけた姿勢のまま、珠枝が意地の悪い笑みを浮かべる。そんな珠枝の挑発に真希は真っ赤な顔をして怒りを露《あら》わにした。

「な、何よ……こんな金縛りっ！」

真希は目を大きく見開いて気合いを入れると、大きく後ろに飛び退《の》いた。

「ほう、自力で抜けたか。思ったよりやるな」

「はん、口に気をつけなさい。私は日本で五本の指に入るほどの祈祷師《きとうし》よ。あんたみたいな座敷童《ざしきわらし》を封印するぐらいわけないんだからね」

「拝み屋風情が大きな事を言う。後ろの黒助が頼りのこわっぱが」

珠枝はせせら笑いながら、真希とコヒロを見比べた。

黒助呼ばわりされたコヒロは、別段気を悪くした様子もなく、無表情のまま真希の後ろに付き従っている。その代わり、真希のほうは完全に怒り心頭だった。

「少し懲《こ》らしめてやらないといけないようね。コヒロ、こいつを縛ってやりなさい」

真希の言葉に、これまでまったく感情を表に出さなかったコヒロが、少しだけその美しい眉《まゆ》をひそめる。

「どうしたの、コヒロ？」

「それはたいへん難しいかと思います」

「なんですって？」

「ふむ、黒助のわりには賢いようだな。だが、命《めい》を与えられたとあれば見逃すわけにはいくまい」

珠枝はそう言って、手に持っていたスプーンを床に落とした。

パキン

まるで割り箸《ばし》を割ったような、軽く乾いた音がした。スプーンがたてる金属質の音とは、まったく違う性質の音。

「うわっ！」

それほど大きな音では無いのに、兼康《かねやす》は驚いたように両耳を覆《おお》った。

「何、どうしたのお兄ちゃん？」

一方、真希《まき》のほうは何が起きたのかわからないといった顔をしている。

「クワァッ！」

そんな真希の背後から奇妙な鳴き声が聞こえた。

「コ、コヒロ⁉」

いままでコヒロが立っていた場所には彼女の姿はなく、ただささっきまで着ていたはずの服が無造作に投げ出されていた。

「クワ〜」

地面のスカートがモゾモゾと動いたかと思うと、その中から一羽のカラスが顔を出した。黒い羽が磨き込まれた宝玉のような輝きを放つ、不吉な印象よりも、美しさのほうが心に残る、そんな不思議なカラスだった。

「おや、八咫烏《やたがらす》にしては足が二本しかないな」

珠枝《たまえ》はちょっと意外そうな顔をする。

「コヒロに何をしたのよっ！」

真希はカラスを腕で抱き上げると、真っ赤な顔で叫《さけ》んだ。

「モノを祓《はら》うには、器を打ちあわせることだ。おまえも知ってるだろう?」

邪《よこしま》なものを寄せ付けたくないとき、人は物を打ちあわせて大きな音を出して追い払う。世界中で使われている、原始的ではあるが効果的な除霊手段だ。

「あの、お客様……ペットのお持ち込みはご遠慮《えんりょ》願っているのですが」

さっきから注目を集めているテーブルだけあって、ウェイトレスの対応も迅速《じんそく》だった。

「コヒロはペットじゃない!」

真希はウェイトレスにくってかかったが、この状況ではあきらかに自分の立場のほうが悪いことを察するぐらいの冷静さは残っていた。

「お、おぼえてなさいっ!」

半分泣きそうな顔でベタな捨て台詞《ぜりふ》を吐き捨てると、真希はコヒロが着ていた黒服とカラスを腕に抱え店を出て行った。店内のすべての客の視線をその背に集めながら。

「ああ、すまんが。スプーンを替えてくれるか?」

去っていく真希の姿には目もくれず、珠枝は足下に落ちたスプーンを指差しながらウェイトレスに言った。ウェイトレスは不審そうな目を珠枝に向けながらも、プロらしい礼儀正しい態度でスプーンを拾い上げ、厨房《ちゅうぼう》へと戻っていった。

「どうもすみません。馬鹿《ばか》な妹で」

「いやいや、若いくせになかなかの力をもっているじゃないか。お供のカラスも案外と霊格が高い」

「才能はあるんですがね。うまく使いこなせていないのですよ。コヒロがついていて、ようやく一人前といったところです」

「なあに、あのぐらいの娘は元気なのが一番だ。善哉《よきかな》、善哉」

珠枝《たまえ》は新しく持ってきてもらったスプーンで、テーブル一杯のデザートとの格闘を再開している。

「それにしても、さきほどの音には参りましたよ。鼓膜が破れるかと思いました」

耳に入れたイヤホンをコンコンと叩《たた》きながら、兼康《かねやす》はいつもの苦笑いを浮かべる。非難しているのか、珠枝の力に感銘を受けているのか、どちらともとれるような曖昧《あいまい》な表情だ。

「うむ、ムカデのおかげで力が有り余ってしまってな。どうも加減が難しい」

「やはり私の見込んだ以上の力をお持ちのようですね」

「菓子ぐらいでワシを買収はできんぞ」

「そんな安っぽい下心なんてありません。ただ、あなたの力に魅力を感じている事実を隠すつもりはありませんが」

「そんなに魅力的か?」

珠枝はニヤッと笑いながら、髪をかき上げた。一本の乱れもない美しい黒髪がビロードのような光沢を放ちつつ、音もなく流れ落ちる。

そんな珠枝の仕草を見て、兼康は自分の心臓が高鳴っているのに気づいた。

真希《まき》が言ったような幼女趣味は兼康にはない。まして、相手は家神《いえがみ》である。にもかかわらず、兼康はまるで自分好みの美女を前にしたときのように、心が落ち着かない。

「おまえたち兄妹《きょうだい》には、ちょっとやってもらうことがありそうだ。そのときはよろしく頼むぞ」

珠枝は身を乗り出して、兼康にささやきかけるように言った。

「はあ……それはかまいませんが……」

その言葉に不吉なものを感じ取っていたが、なぜか兼康は拒絶することはできなかった。

◆◇◆

放課後、智宏《ともひろ》はひとりで帰宅の道を歩いていた。

珠枝のことが気がかりで、午後の授業はほとんど頭に入らなかった。

なんで学校なんかに来たのか？

いったい瑞穂《みずほ》に何を渡したのか？

早く家に戻って珠枝本人に問いただしてやろう思っていると、ぽつんと畑の中に建つ小さな社《やしろ》が目に入った。

「ああ、ここか……」

いままで急ぎ足だった智宏《ともひろ》は、そこでふと足を止めた。

古びたコンクリートの鳥居《とりい》の奥に、小さな木造の社《やしろ》が建っている。キツネの石像があることから、お稲荷《いなり》さんを祭《まつ》っているのだろう。

毎日、登下校の途中でその前を通っていたが、これまで一度もお参りはしたことがなかった。そもそもお稲荷さんにどんな御利益《ごりやく》があるのかすら知らないぐらいだ。

そんないつもは通り過ぎてしまう社の前で立ち止まったのは、鳥居の脇《わき》に立つ大きな桜の木に気づいたからだ。

朝、智宏の家にやってきた好香《このか》が言っていたのは、この桜の木のはずだ。

「花は散っちゃってるけど、これはこれできれいじゃないか」

艶《あで》やかな花の季節は終わり、青々と葉を茂らせた姿は精悍《せいかん》ささえ感じさせる。そのふたつの姿が同じ木だとは思えないほどだ。智宏が生まれる前から、ずっとそんな大変身を毎年繰り返してきたのかと、智宏はいまさらながらに桜の生命力に感心した。

「ん……?」

桜の根元を見ると、飲み口の欠けた白い湯飲みがひとつ置かれていた。ご神木というわけではなさそうだが、誰《だれ》かが桜の木にお供えしたものだろう。

ただ、いまその茶碗《ちゃわん》の中には雨水と枯れ葉が溜《た》まっているだけだった。

「まあ、なんか御利益があるかもしれないしな」

なんとなく可哀想《かわいそう》な気がした智宏は、近くにあった自動販売機でペットボトルのお茶を買って来た。そして、汚れた湯飲みをお茶ですすいできれいにしてから、もう一度、お茶をいれ直してやる。

「あらら、誰かと思ったら智宏さんじゃないですか」

「わっ、な、なんだっ！」

いつのまにか好香が目の前に立っていて、ごく自然な動作で智宏の手から湯飲みを受け取ろうとしていた。

「今朝はどうもお騒がせしまして。あ、おまんじゅうとてもおいしかったです。ごちそうさまでしたぁ」

両手で包むように湯飲みを受け取ると、今朝と同じ桜色の着物姿の好香はにっこりと微《ほほ》笑《え》んで頭を軽く下げた。やや着崩れた着物からのぞく首から肩にかけてのラインが、ちょうど智宏の目の前に見える。

「い、いたのか……」

智宏はどぎまぎしながら好香から一歩下がって、さりげなく目をそらした。

「いたのかって、これは私の木ですよぉ？」

好香は心外そうな顔をする。

「そ、そうだよな」

「お供え、ありがとうございます。とても嬉《うれ》しいです」

好香は湯飲みをそっともともとあった木の根もとに戻した。いつの間《ま》にか、中のお茶はきれいになっている。

「ああ、うん……なんか汚れてたから」

「みんなお花見の季節が終わると、私のことなんて気にもとめてくれないんですよ。ひどいですよねぇ～」

そう言って、好香《このか》はすすすっと音もなく智宏《ともひろ》に近づくと軽く袖《そで》を握った。

「そ、そうなんだ？」

「だから、嬉《うれ》しいです。私のことをそんなに気にかけてくれたなんて」

「い、いやっ、その……俺《おれ》はただ通りかかっただけだから」

自分でもなぜなのかわからないが、智宏は必死になって好香の言葉を否定した。

「でも、こうしてお会いできたのも、何かのご縁だと思いません？」

いつの間《ま》にか、好香は智宏の腕を両手で抱きしめていた。豊かな胸の感触をその肘《ひじ》に感じて、智宏は頭が真っ白になる。

「それは、ど、どうなんだろう……」

智宏の理性が陥落しそうになったとき、思わぬところから横やりが入った。

「なぁ～にやってるのよ、あんたたち！」

そう叫《さけ》んだのは、このあたりでは見かけない少女だった。

智宏は知る由もないが、彼女はファミレスで珠枝《たまえ》とやりあった楠木真希《くすのきまき》であった。後ろに従っているコヒロもいまは人間の姿に戻っており、いつもの無表情な顔で真希の後ろに付き従っている。

「誰《だれ》ですかぁ、あなたたちは～っ？」

好香はいいところで邪魔が入ったとばかりに、真希たちのほうを横目でにらむ。

「あんた桜の精ね」

「そ、それがどうしたってのよぉ」

いきなり自分の正体を当てられて、好香は少し驚いた様子だ。

「そんなガキに取り憑《つ》こうなんて、どういうつもりなんだか。だいたい、もう季節外れでしょ、あんた？」

「取り憑くなんて失礼ね。これはただのスキンシップ。コミュニケーションの手段よ。あなたみたいなお子様にはわからないでしょうけどねぇ～っだ！」

好香は智宏の後ろに隠れるようにして、ぶうぶうと文句を言った。

それにしても、好香は妖怪《ようかい》のくせにカタカナ言葉をスラスラとよく使う。珠枝とは大違いだ。

「たくっ、なんなのよ、この土地は。どいつもこいつも生意気で頭にくる！」

真希はいらいらした様子で、自分の髪を乱暴にかき上げる。

ファミレスで珠枝に惨敗してから、真希たちはこのあたりの妖怪の気配を探し回っていたのだった。

「で、俺たちになんか用なのか？」

取り残されていた感のある智宏《ともひろ》が、ようやく口を挟んだ。

「なんか用か、ですって？　あんたみたいな隙《すき》だらけの人間がいるから、こういう妖怪《ようかい》が大きい顔するのよ！」

いきなり現れてひとりで勝手にキレまくっている真希《まき》に、智宏はどのように接して良いのか皆目見当がつかなかった。ただ、振り向くと好香《このか》が真希の怒りに油を注ぐように、い〜っとかべぇ〜っとかしていたので、とりあえずはそれをやめさせることにする。

「真希様、あのかたの目なのですが」

頭に血が上っている誰《だれ》かとは対照的なコヒロが、そっと真希の耳元で囁《ささや》いた。

「ん、あいつの目がどうかしたの？」

いままで好香を敵意丸出しでにらんでいた真希は、視線を智宏のほうに移した。

「な、なんだよ」

いきなり真希とコヒロの二人に見つめられて、ちょっと尻込《しりご》みする智宏。

「あれ、あんたの目……ちょっと変な感じがするわね」

真希はつかつかと智宏のほうに歩み寄って、前髪がふれあうぐらいの距離まで顔を近づける。智宏はその距離の近さにギョッとして思わず後ずさりをしようとしたが、なぜか足が動かなかった。

「わっ、なんだこれっ！」

いつのまにか智宏の足下には無数の小人がよじ登ってきて、地面から生える細い鎖のようなものをせっせと巻き付けている。

「へえ、私の縛鎖《ばくさ》が見えてるんだ。やっぱり、かなりの眼力《がんりき》があるのね」

真希は感心したような顔で言った。

「縛鎖？」

「あなたの足を縛らせてもらったの。逃げられないようにね」

「くそっ！」

智宏は足にまとわりつく小人たちを払いのけようとしたが、まるで羽毛のように手応《てごた》えがなかった。手が触れるとフワフワと飛び去るが、すぐにまた足下に舞い戻ってくる。これではきりがない。

「あんた、その眼力はどこで手に入れたの。教えてくれたら縛鎖は解いてあげる」

智宏は昨日の晩、珠枝《たまえ》が自分のまぶたに妖怪を見る力を与えてくれたことを思い出した。おそらく、真希はそのことを言っているのだろう。

「何言ってんだか、わかんねーよっ！」

こんな得体の知れない相手に珠枝のことを話したりしたら、何をするかわかったものじゃない。

「ふぅん、とぼけるわけ……だったら、こっちに聞いてみようかな」

真希は智宏の背後に立つ好香のほうを見た。その口元には意地の悪そうな笑みが浮かんでいる。

「知ってる？　木の精は金物を嫌うのよ」

真希《まき》がポケットから十円玉を何枚か取り出すと、好香《このか》は「ひゃん！」と小さな女の子のような悲鳴をあげた。

「なんだ、思ったより霊格が低そうね。あんた、こんなのにたぶらかされたの？」

「ちょっとぉ、ここはお稲荷《いなり》様の社《やしろ》よ。変なことをすると、主《ぬし》様を呼んじゃうんだから」

好香は智宏《ともひろ》の背中に隠れたまま、顔も出さずに弱々しく抗議をする。

「ふん、呼べるもんなら呼んでみなさいよ。全国に三万以上も社を持ってる、日本一忙しい神様の宇賀御魂命《うかのみたまのみこと》が、あんたなんかの呼びかけにホイホイと応《こた》えてくれるわけないでしょ？」

「うう～っ！」

図星をさされた好香は、小さくなりながら悔しそうに歯がみした。

さっきまではもっと大人びた感じだったが、いまの好香は幼い少女のようだった。

「さて、いろいろと聞きたいことがあるんだけど……何から聞かせてもらおうかな」

真希は手に持った十円玉を次々と親指ではじいていく。

「やっ、やだっ、やめてよっ！」

足下に十円玉が落ちるたびに、好香は怖がるように身体《からだ》をよじらせる。

「このあたりの妖怪《ようかい》たちのことも聞きたいし、こいつの眼力《がんりき》についても聞きたいな。あんたなんかじゃあ、こんなに強い眼力を与えるなんて無理だろうから、他《ほか》の誰《だれ》かがあげたっ

てことになるよね」

「知らない、知らないんだってばっ！」

好香《このか》は泣き出しそうな顔で悲鳴を上げている。

こんな一方的ないじめには、さすがに智宏《ともひろ》も黙っていられなくなった。

「おい、やめろよっ！」

「何よ、うるさいわね……そんなに怒ることじゃないでしょ？」

真希《まき》は智宏の怒鳴り声に少し気圧《けお》された様子だった。

「いい加減にしろよ。可哀想《かわいそう》だろ」

「何言ってるのよ。人の姿をしているけど、こいつは妖怪《ようかい》なのよ」

「そんなことは関係ない。俺《おれ》はやめろと言ってるんだ！」

智宏は苛立《いらだ》たしげに叫《さけ》んだ。なぜこれほど自分の中に怒りがこみ上げてくるのか、それは智宏自身にもよくわからなかった。

ただ、これ以上、好香の苦しんでいる姿を見るのが耐えられなかった。もしかすると、好香に珠枝《たまえ》の姿を重ねていたのかもしれない。

「なんで、あんたなんかに命令されなきゃならないのよ」

真希は智宏の気迫に押されつつも、強気の態度は崩さない。どちらかと言えば、怒鳴られて逆にムキになっているようだった。

「真希様、このままですと危険です」

「何言ってるのよ、コヒロ？」

「縛鎖《ばくさ》を見てください」

コヒロは表情を変えることなく、ついっと智宏の足下を指差した。

「え……なんで……どうしてよ？」

智宏の足を幾重にも縛っていた細い鎖が、徐々に引きちぎれつつあった。

「このかたの魂の力が縛鎖を上回っているためかと」

「そんな……こいつが私より上だって言うの⁉」

真希は呆然《ぼうぜん》とした顔で呟《つぶや》いたが、目の前では次々に鎖がちぎれていく。鎖を持った小人たちは、智宏の足下をうろうろするばかりだ。

「このままですと、術が真希様に返ってきます。縛鎖を解いたほうが……」

「なんでそんなことを！　冗談じゃないわ」

真希は怒りと焦りの混ざった声で叫ぶと、智宏に向き合い両手で印《いん》を結んだ。

「真希様……」

コヒロは手をそっと伸ばして真希を制したが、それを真希は振り払う。

「こんな素人《しろうと》に術を返せるわけないじゃない。本気を出せば、こんな奴《やつ》……」

真希はきゅっと口を結んで、目を閉じて精神を統一する。

「なっ⁉」

智宏の足を捕らえていた鎖が、膨れるように太さを増していく。

「どう、これでも動けるかしら？」

真希《まき》は片目をひらいて、勝ち誇《ほこ》った笑みを浮かべた。

もはや智宏《ともひろ》の足は鎖で縛られているというよりは、鎖に埋もれているといったほうが良い状態になっている。

「こんなもんで縛られてたまかるよ」

智宏は鎖から足を引き抜こうともがくが、今度の鎖はびくともしなかった。もがけばもがくほど、鎖の締め付けは強くなってくるかのようだ。

「無理、無理。私の本気の術が、あんたなんかに解けるわけ無いでしょ」

そんな智宏の姿を見て、真希は印《いん》を解いて愉快そうに笑った。

「くそぉ！」

それでも智宏はやめようとはしない。

「何こいつ、ばっかじゃないの？」

「真希様、そのかたの霊体にご注意下さい」

「え、今度は何よ？」

真希は目をこらして智宏の姿を見つめた。コヒロと違って眼力《がんりき》の弱い真希は、精神を集中しないと霊体などが見えづらいのだ。

「このかたの霊体が縛鎖《ばくさ》から逃れようとしています。もし、怒りにまかせて魂が身体《からだ》から出《い》でれば、それは悪霊と化します」

智宏の肉体から、ぼんやりとした霊体が浮かび上がりつつあった。肉体が縛られているにもかかわらず強引に動こうとしているため、霊体のみが抜け出そうとしているのだ。いわゆる幽体離脱と呼ばれる現象で、自分の意思でそれを行うことが出来るのは、霊能力者でも限られた存在だ。

人間の精神は肉体によって支えられている。その肉体を失い、魂だけの存在となれば、精神修行をしていない者はほぼ間違いなく狂気に陥り、悪霊と化す。悪霊と化した魂を侮《あなど》ってはいけない。ときにそれは都を滅ぼすほどの力を持つことさえあるのだ。

だが、それでも真希は引き下がろうとはしなかった。

「だったら、身体だけじゃなく、こいつの魂ごと縛り付けてやる」

「あのかたは強い魂を持っています。失敗すれば真希様が危険です」

「失敗ですって！　こんなガキ一人、封じられなくてどうするってのよ。コヒロ、あなたも力を貸しなさい」

真希は完全に冷静さを失い、強がりとやけっぱちだけで術を使おうとしていた。

「しかたありませんね……失礼します」

コヒロは無表情のまま真希の背後に近づくと、突然、振り上げた手刀を真希の脳天めがけて振り下ろした。しかも、思いっきり力を込めて。

ガスッと鈍い音を立てて手刀がきまると、真希は「ふにゃあ」と気の抜けた声をあげながら、糸の切れた操り人形のようにその場にへたり込んだ。

完全に気絶してしまっているようだ。

するといままで智宏《ともひろ》の足下にまとわりついていた小人たちは、どことなくホッとした表情をしながら、鎖を抱えていそいそと地面の中に戻っていった。

「た、助けてくれたのか?」

まだ関節がギクシャクするが、足は自由に動くようになった智宏がコヒロに尋ねる。

「すみません。頭に血が上りますと、見境が無くなりまして」

コヒロは申し訳なさそうに頭を下げながら、地面に落ちた小銭をちまちまと拾い上げた。

その様子はいたずらっ子が散らかした後片付けをしている母親のようだ。

「はぁ～、助かったぁ～」

大嫌いな金物が無くなって、好香《このか》はほっとした顔をする。

「あんたたち、いったい何者なんだよ?」

小銭をすべて拾い集め終えたコヒロに、智宏は尋ねた。

「許可無く、民間人のかたには正体を明かしてはならない規則となっておりますので、私の口からはご説明できません」

「なんだよ、一方的に喧嘩《けんか》を売っておいて!」

「これもお役目でして、ご無礼をお許しください」

「ま、まあ、あんたが何かしたってわけじゃないけどな……」

喧嘩を売ってきた張本人は、いまはだらしなく伸びている。そんな間抜けな姿を見せられては、智宏も腹のたてようがなかった。

「できれば、お役目ではないときに、あなた様とはお会いしたいものです。私はコヒロと申しますが……よろしければお名前をお聞かせいただけますか？」

コヒロは智宏に視線《しせん》をまっすぐ向けたまま言った。なんだかこちらが照れくさくなるような、そんな真摯《しんし》な眼差《まなざ》しだった。

「また来る気かよっ！」

「私たちのようなモノに、あのように接してくださるかたはとても少ないものですから。もちろん、無理にお願いできる立場ではないのは承知していますが……」

そう語るときのコヒロも相変わらず無表情だったが、なんとなくさっきまでよりも人間味のある顔つきに見えて、智宏はその頼みを断りづらい気分になってしまった。

「まあ……名前ぐらいなら別にいいけどさ。俺《おれ》は稲村《いなむら》智宏って言うから」

「稲村……稲村智宏様……」

コヒロは暗記するように、ぶつぶつと口の中で智宏の名前を何度か呟《つぶや》くと、深々と頭を下げた。

「ありがとうございます、稲村様。では、ごきげんよう」

そう言ってコヒロはへたり込んでいた真希《まき》の身体《からだ》を軽々と背負うと、もう一度ぺこりと頭を下げてから、智宏に背を向けた。

「なんなんだ、あいつら……」

智宏《ともひろ》は縛鎖《ばくさ》から解かれたものの、まだ身体《からだ》が自由に動かない。幽体離脱をしかけた後遺症だった。

コヒロの姿が見えなくなると、智宏はすぐに全身の痛みに耐えかねてその場に座り込んだ。コヒロの前ではやせ我慢していたが、本当は立っているのもやっとなぐらいだった。

「ありがとうございま～す！」

そんなぐったりしている智宏の首に好香《このか》が全身で抱きついてきた。

「うわっ、ちょ、ちょっと……」

「私のためにあんなに頑張ってくれるなんて！　もしかしてこれは恋の始まりですか？　私にぞっこんラブしてしまいましたか？」

むぎゅうと力一杯抱きつきながら、好香はキラキラした目で嬉《うれ》しそうに問いかけた。

「そ、そんなんじゃないって。別にたいしたことしてないし」

「いいえ、私はとっても感激しました！」

智宏が動けないのをいいことに、好香は猫のようにスリスリと頬《ほお》ずりをしてくる。

「や、やめ……」

「なぜです、なぜです？　私のこと嫌いなんですか？」

智宏が照れるのを楽しんでいるかのように、好香は身体を密着させてくる。

「いや、そうじゃなくて」

「じゃあ、どういうことなんでしょうか～」

ウヒヒとよからぬことを考えているような笑みを浮かべ、好香はさらに智宏の身体をいじりまわす。

「や、やめっ……！」

なんとか理性を保とうとする智宏であったが、健全な高校生にとって、それは真希《まき》の縛鎖よりも辛《つら》い責め苦であった……

◆◇◆

あれからしばらく休んで、智宏はなんとか歩けるぐらいまでには回復したが、好香が家まで送ると言って聞かなかったので、しかたなく一緒に帰ることにした。

好香は腕にしがみつくように身体を密着させ、支えてくれているのか、智宏にもたれかかっているのかわからない状態だ。途中、誰《だれ》か知り合いに会わないかとヒヤヒヤしたが、通行人の反応を見る限り、どうも他《ほか》の人には好香の姿は見えていないようだった。

「好香って、普通の人には見えないの？」

「見えないようにしていれば、眼力《がんりき》の強い人にしか見えないですよ」

「じゃあ、見えるようにもできるんだ」

「そりゃあできますよ～。好きになった人が、智宏さんみたいに眼力を持っているとは限らないですからね。そういうときは姿を見えるようにしてあげてましたよ」

「ああ、そう。そういうときは……ね」

顔には出さなかったが、好香《このか》が自分以外の男を好きになったことがあるらしいのを聞いて少しがっかりした。なんだかんだ言っても、好香のような美人に好かれて嬉《うれ》しくないはずがない。

「なんなら、みんなに見えるようにしましょうか？」

「いや、やめてくれ」

こんなところを知り合いに見られたら、なんて言われるかわかったものではない。

「服だったら、今風のものに変えられるから大丈夫ですよ。一緒に歩いていても、全然変じゃないですから」

そう言って、好香はしっとりとした着物姿から、身体《からだ》にフィットした柄物のTシャツと、膝下《ひざした》でカットしたジーンズ、足下はピンクのサンダルといったスタイルに変身した。

「わっ、ずいぶん雰囲気変わるな！」

「どうです、こういう服も似合いますでしょ？」

「あ、ああ、いいんじゃないの？」

着物のときよりも好香の見事なプロポーションが強調されて、智宏《ともひろ》は目のやり場に困ってしまう。

「ちゃんと見てくれてます～？」

ぎくしゃくと目をそらす智宏に、好香は不満げな顔をして、自分のほうを向かせようと手をぐいぐいひっぱった。

「み、見てるよ。その服も似合ってるって」

「これなら智宏さんとデートしててもおかしく見えないですよね？」

「う、うん……そうだな……」

たしかにTシャツ姿の好香は、着物のときよりも、二つか三つぐらい若返った感じがする。これなら高校の先輩と紹介しても通るだろう。智宏は好香と一緒に街を歩いている自分の姿をぽわ～んと想像したが、あわててそれを打ち消した。

桜の精は男をたらし込むという、珠枝《たまえ》の忠告を思い出したからだ。

「洋服も似合うってのはわかったけど、頼むから姿は見えないようにしていてくれ」

「はぁい」

好香は素直な返事をして、再び身体をすり寄せる。もしかして自分は好香にからかわれているだけなのではと思いつつも、この状況に流される智宏であった。

「ただいま～」

いろいろ変なことに巻き込まれたおかげで、家についた頃《ころ》にはもう日が暮れていた。

「遅かったな、智宏」

出迎えてくれたのは珠枝だった。

「おまえ……また、そんな格好で」

珠枝はまたスパッツをはかずに、智宏のTシャツを上に着ただけという姿だった。

「パンツははいているんだろ？」

「安心しろ――」

「う、うむ」

智宏《ともひろ》の態度に、珠枝《たまえ》はちょっと拍子抜けしたような顔をする。

「今日はめちゃくちゃ疲れたんだ。あんまり世話を焼かせないでくれ」

まるで残業を終えたサラリーマンのようにくたびれきった動作で靴を脱ぐと、智宏は二階の部屋へとあがっていった。

「いったいどうしたんだ？　だいたい、なんでおまえが智宏と一緒なんだ？」

玄関に取り残されたままの好香《このか》に、珠枝が尋ねる。

「それが、乱暴な拝み屋さんに絡まれてしまって。智宏さんに助けてもらったんです」

好香はえへへ～と頭をかきながら嬉《うれ》しそうに答えた。

「ほお、それはもしかして破れたズボンをはいた貧乏くさい娘と黒助の二人組だったか？」

「いや～、あの～、貧乏くさいかどうかはともかくとして、たしかにその人たちですね」

どうやら珠枝はファッションというものをあまり理解していないらしい。

「ワシがからかったせいで、とばっちりを喰《く》らわせてしまったかもしれんな」

「珠枝様のお知り合いだったんですか？」

「いや、知り合いというほどのものでもない。まあ、詫《わ》び代わりだ。メシでも食っていけ」

「え、いいんですか？」

好香はぴょんとはねると、嬉しそうに手を叩《たた》いた。

「かまわんかまわん――といっても、作るのは智宏の仕事なんだがな」

からからと笑って珠枝は好香を家にあがらせると、上の部屋にひっこんでいた智宏に食事の準備をするようにと大声で呼びかけた。

◆◇◆

「なんで春も過ぎたってのに、すき焼きなんか……」

智宏はぶつぶつ言いながら、コンロと鍋《なべ》の準備をしている。

智宏の母親は今日も残業があるらしく、職場の大学に泊まるということだった。だいたい週に二、三回はこんなことがあるので、ひとりで夕食を食べるのは智宏にとっては慣れっこだった。

「この罰当たりめ。鍋はいつ食べても素晴らしいものなんだぞ」

珠枝は何も手伝いもせずに、テーブルの前で智宏が忙しく働く姿を眺めている。

「だったら、おまえも少しは手伝えよ」

「家神《いえがみ》は供え物しか食べんのだ」

「母さんのときは手伝ってるくせに」

「そうだったかのぉ～？」

珠枝《たまえ》はテーブルにあごを乗せ、だらけた格好をしてとぼけた。

「智宏《ともひろ》さん、お野菜はこんな感じでよろしいですか？」

台所で作業をしていた好香《このか》が、すき焼きにいれる野菜を持ってきた。

「おおっ、うまいじゃないか。立派、立派！」

大皿の上に、白菜や春菊、ネギに椎茸《しいたけ》などがきれいに並べられている。切り口もきちんとそろっていて、智宏が作るよりもよっぽど上手だった。

「料理はわりと得意なほうなんですよぉ〜」

照れた顔をしながら、好香は野菜の皿を鍋《なべ》の横に置いた。

「ふん、ワシだってそのぐらい」

目の前に置かれた皿を横目で見ながら、珠枝は口を尖《とが》らせる。

「じゃあ、あとは肉だな」

智宏は冷蔵庫からスーパーのパックに入った牛肉を運んでくる。

面倒なので皿に移さず、パックのままテーブルに置いた。どうせ鍋に入れてしまえば同じだ。

「昨日の特売のやつだけどな」

ふてくされた顔のままで珠枝はぼそっと言った。

「文句があるなら食べるな」

「いやいや、特売とはいえ牛肉に罪はないからな」

いままでだらけきっていた珠枝は、がばっと顔をあげるとさっそくテーブルに置かれた肉に手を伸ばした。

「まだ、鍋の準備ができてない」

その手を智宏がぴしゃりと叩《たた》く。

「でたな、この怪人鍋奉行《ぶぎょう》めっ！」

「だいたい、おまえはお供えしか食べないはずだろ？」

「テーブルに出されたら、供えられたも同じだ。そんなことより、早く用意をしろ」

「わ〜かってるよっ！」

珠枝に急《せ》かされながら、智宏は鍋に牛脂をこすりつけて油を引いていく。

「うわあ、お肉なんて久しぶり〜」

好香はそんな智宏の動作を目を輝かせて見つめている。家神《いえがみ》も妖怪《ようかい》も、すき焼きには目がないらしい。

「おまえ、桜の精なのに肉なんて食べるのか？」

ふと不思議に思って智宏は尋ねる。

「そりゃあ、なんだって食べますよ。でも、一番の好物は……おわかりでしょう？」

好香は艶《つや》っぽい声で囁《ささや》きながら、智宏の耳にふっと息を吹きかけた。

「おい、あまり教育上悪いことをしてると、この家から叩き出すぞ」

さらに追い打ちをかけようとする好香を、珠枝はドスのきいた声で脅した。

「いやん、珠枝様《たまえ》。そんなにやきもち焼かないでくださいな。冗談ですってばぁ」

「だっ、誰《だれ》がやきもちを焼いてるというのだ！　この罰当たりめ！」

真っ赤になって怒っている珠枝を横目に見ながら、好香《このか》は手で口元を隠してオホホッと楽しそうに笑う。

「はあ〜〜〜」

そんな騒がしい二人に大きくため息をついた智宏《ともひろ》に、熱せられたすき焼き鍋《なべ》がじゅうじゅうと音をたてて、早く肉を入れろと催促していた。

ようやく鍋奉行《ぶぎょう》からの許可がおりて、みんな熱々のすき焼きに舌鼓を打ち始めた。

「こうして珠枝様たちとご一緒するのは、十年ぶりぐらいじゃないでしょうか。覚えてますか？　お父様に連れられて、みなさんでお花見に来てくれたときのこと」

「ああ、そう言えばそんなこともあったな」

珠枝は懐かしそうに目を細めた。

「智宏さんは覚えてます？」

「十年前って言ったら、俺《おれ》は六歳ぐらいの話だろ」

「そうですよ。まだ智宏さんはこぉ〜んな小さくて、可愛《かわい》かったんですからぁ」

好香はにこにこ笑いながら、床から二十センチぐらいのところを手のひらで示した。

「いくらなんでも、そんなに小さいわけ無いだろ！」

「あれれ？」

「馬鹿《ばか》、それはおまえが木の姿のときだろう？」

首をかしげている好香に、珠枝が冷静に突っ込む。

「あっ、そうでしたそうでした」

桜の木独特のボケをかましながらも、好香はその頃《ころ》の思い出話を始めた。

「俺、あんまり父さんのことは覚えてないんだよな。母さんもあまり話したりしないし」

普段、智宏は父親のことを思い出すことはほとんどない。父親はもういないものだと、心の中で完全に割り切ってしまっているためかもしれない。

「それはちょっと寂しいことですね。とても良いかたでしたのに」

好香は生前の父の姿を、まるで昨日見てきたことのように楽しげに語る。桜の木として百年以上も生きている好香にとっては、十年前もついこの前という感覚なのだろう。

「その頃の珠枝って、どんな感じだったんだ？」

「どんなと言われましても、全然お変わりありませんよ」

「そうなんだ」

「あ、でもですね……」

好香は珠枝の姿をちらりと見てから、そっと智宏の耳元に口を寄せた。

「あの頃の珠枝様は、智宏さんのお父さんにとってもお熱だったんですよ」

「こらあっ、好香っ！」

いままで静かに思い出話に耳を傾けていた珠枝《たまえ》は、手に持っていた小鉢をテーブルに叩《たた》きつけて怒鳴った。

「きっと、お母様に遠慮《えんりょ》していたんでしょうね。お花見のとき私の陰に隠れて、そっとお父様の様子を見つめていたりして。その姿がいじらしくも可愛《かわい》いこと――」

「貴様、それ以上しゃべったら、切り倒して薪《まき》にするぞ。この罰当たりめ！」

「そんな、ホントのことですのに」

「ふ～ん、珠枝《ともひろ》にもそんなところがあったのか」

珠枝が智宏の父親のことを気に入って、この土地についてきたことは前に誰《だれ》かに聞いたことがあった。

だが、その「気に入った」というのが、そんな恋愛感情のようなものだとは思っていなかった。人間と家神《いえがみ》が――という疑問もあったが、好香《このか》の様子を見てると、そういうこともあるのだろうと智宏は納得する。

とはいえ、自分の父親に珠枝が惚《ほ》れていたという事実は、息子《むすこ》の身としては複雑な気分だったが。

「そう言えば、智宏さんってお父さんによく似てますよね」

好香が思い出したかのように言った。

「そうなのか？」

「智宏さんのお父さんは、ちょっとだけ変わったかたでした。私たちのことも見えているようでしたしね。遠野《とおの》のほうの生まれだとお伺いしましたから、そのせいかもしれませんね。あそこは今も昔も私たちのようなものが多い土地だそうですから」

「そうだったのか、知らなかったよ。母さんは、あまり実家のことは話さないからな」

「妖怪《ようかい》が見えるなどと人に話したところで、変に思われるだけだからな。あいつはそのあたりのことをわきまえた男だったよ」

さっきまで怒っていた珠枝だったが、急にトーンを落とした声で呟《つぶや》いた。

昔を懐かしむその顔は、どこか悲しそうで、智宏はそんな珠枝の姿に少し心が痛んだ。

きっと、珠枝は本当に智宏の父親のことが好きだったのだろう。

「ああ、しんみりしてしまいましたね。せっかくのすき焼きなんですから、もっと楽しくやりましょ～！」

そう言って立ち上がった好香の手には、いつのまにか日本酒の一升瓶が握られている。

「あっ、こら！　それは母さんの酒」

「おおっと、これは『国華《こっか》の薫《かおり》』の大吟醸《だいぎんじょう》。さすがは智宏さんのお母様、いいお酒を選んでいますねぇ！」

「おまえ、人のうちのものを勝手に……って、おまえらって供え物しか手をつけないんじゃないのかよ？」

「いえいえ、私はそういうのは気にしないたちですから。ああ、おかまいなく。手酌《てじゃく》でやらせていただきますので」

好香《このか》は湯飲みにとくとくと酒を注ぐ。

桜と言えば花見。花見といえば花見酒。

どうやら桜の精と酒は切っても切れない間柄のようだ。

「さあさあ、珠枝様《たまえ》もいかがです?」

「ワシは供え物しか手をつけん」

「じゃあ、智宏《ともひろ》さん、珠枝様についであげてくださいな」

好香は一升瓶を智宏に押しつける。

「なら、久しぶりに一献《いっこん》傾けるか」

珠枝はまんざらでも無いといった顔で、自分も空の湯飲みを差し出した。

「おまえ、未成年じゃぁ……ないか」

「ふん、酒なんぞおまえが生まれる前からたしなんでおるわ」

「いや、だけどなぁ」

智宏はどうしたものやらと首をかしげる。

「堅いことを言うな。なんならおまえも呑《の》め。このワシが許可する」

「そうですよ、智宏さん。今日は無礼講なのれすよ。ぷはぁ~」

いつのまにか湯飲みを空にした好香が、智宏にしなだれかかる。

もう酔っているのか、着物から露出した肩のあたりが文字通り桜色に染まっていた。

「お、おい……」

ちらちらと見える胸の谷間に、智宏は酒を飲んでもいないのに真っ赤になった。

「こらっ！　だからそういう教育に悪いことをするなと言っているだろうが」

「あら、それを言うなら、珠枝様のその格好だって、ホントは智宏さんを誘っているんじゃないですか？」

好香は珠枝のTシャツ一枚の姿を指さして反論した。

「い、いやっ、これは別にそういう意味ではなくてだな」

珠枝は頬《ほお》を赤らめ、いまさらながらTシャツの裾《すそ》を手で伸ばして両足を隠そうとする。

「ば、馬鹿《ばか》、そんなことあるわけないだろ！」

なぜか智宏も一緒に真っ赤になって否定する。

「まあまあ、とにかく呑みましょ。呑めばすべて解決です」

いったい何を解決するのかわからないが、好香に押し切られて、智宏は珠枝の湯飲みに酒を注いでやった。すると、すぐにその酒瓶は好香に奪われ、今度は智宏の湯飲みにも酒がなみなみと注がれた。

「じゃあ、かんぱ〜い」

かくして、その夜の稲村《いなむら》家は、珍しくいつまでも笑い声が絶えることはなかったのだった。

◆◇◆

「変わった子だったな……」

夜、瑞穂《みずほ》はひとり自分の部屋で、昼休みに出会った珠枝《たまえ》のことを思い出していた。

風呂《ふろ》にも入り、あとは寝るだけなのでパジャマ姿で勉強机に向かっている。

机の上には、珠枝にもらった干し柿《ほしがき》が置かれている。よく見ると、しわしわの果肉が人の顔のようにも見える。それは別に不気味な感じでなく、見ていると自然に笑みが浮かんでしまうようなそんな福々しい顔だった。

「今日はたくさん智《とも》ちゃんと話しちゃった。もしかして、これってあなたのおかげ?」

干し柿を指先でつつきながら、瑞穂は嬉《うれ》しそうに尋ねた。

机の上には、干し柿の他《ほか》にもたくさんのガラス細工の動物たちが並んでいる。

瑞穂がコツコツと集めたコレクション。机の上の動物園だ。

その半分以上は、旅行をしたときに買ってきたお土産《みやげ》だ。そして、それらのガラス細工は智宏《ともひろ》も同じ物を持っているはず。

いったい智宏はどのようにこの子たちを飾っているのだろうか。

瑞穂は机の物言わぬガラス細工たちを眺めて、よくそんな想像をする。

想像の中では、智宏の部屋は二人がまだ小さかった頃《ころ》のままだ。

智宏の家にはたくさんの絵本と、たくさんの色がそろっているクレヨンがあって、二人はよく新聞のチラシの裏に絵を描《か》いたものだ。

瑞穂は動物の絵が好きだったし、智宏は乗り物の絵がとても上手《うま》かった。

月が変わって智宏の母親が大きなカレンダーを破ったとき、その裏側は二人だけの特別なキャンバスとなった。

そこに描いたのは二人の将来の姿。

描くたびに将来の姿は違っていたが、いつも二人は一緒に描かれていた。

「それなのに、どうしてこうなっちゃったんだろう？」

瑞穂はぼんやりと動物園の並べ替えをする。

珠枝からもらった干し柿を中心に置いて、様々な動物を配置していく。

干し柿を取り囲む、仲の良さそうな動物たちの輪。

最後にその輪の中に置いたのは、首の折れた鶴《つる》。

折れた部分はボンドで修理されているが、少し曲がったまま くっついてしまい、その姿は不格好だ。

だが、瑞穂はその鶴を動物園の一番良い場所にそっと置く。まるで動物園の主役のように。

「うん、いい感じ」

すべてを並べ終えて、そのできばえに瑞穂が満足そうに微笑《ほほえ》んだとき、窓の外で不意にことりと音がした。

「なんだろ？」

虫でも窓に当たったのかと思って最初は気にしなかったが、今度は小さなささやき声のようなものが聞こえてきた。

「テレビの音……じゃないよね？」

気味が悪くなり、瑞穂《みずほ》は立ち上がって窓に近づいた。

外は真っ暗で人の気配はない。

「——だけ開けて」

その声はとても小さかったが、遠くから聞こえてくるものではなかった。

窓のすぐ近くで、誰《だれ》かがか細い声で呼びかけているのだ。

「誰かいるの？」

瑞穂の部屋は二階にある。

窓の外にはベランダもなく、普通なら誰かいるとは考えられない。

「声が聞きたいから、指一本分だけ開けてよ」

瑞穂の問いかけに答えるように、そんな声が聞こえてきた。

弱々しく震える子供の声。

わき上がる恐怖が瑞穂の足を縛り付ける。

「指一本だけ……お願い」

ぺたりと何かがガラス窓を触った。

部屋の明かりに浮かび上がる黒い小さな影。

なぜか姿がはっきりしない。光の加減のせいなのか、その影の輪郭はぐねぐねと歪《ゆが》んで見える。ただ、姿はわからなくても、なぜかそこにいるものが弱く、小さなものであることが理解できた。

「ねえ、お願い……」

「あなたは……?」

その声は瑞穂の心を騒がせる。

いつかどこかで聞いた声。

その声の正体を知るため、瑞穂はおそるおそる窓を開けた――たった指一本分だけ。

窓の隙間《すきま》から、外の空気が入り込む。熟れすぎた果物のような甘ったるい匂《にお》い。

外の影が、わずかに開いた窓から中をのぞき込むようにうごめいた。

「あなたは……誰?」

瑞穂の問いかけに返事はない。

代わりに、また声が聞こえてきた。

「顔が見たいから、こぶしひとつ分だけ開けてよ」

同時にカリカリと窓のサッシをひっかく音が聞こえてくる。

惨めさといじましさを感じさせる、そんな音。

心臓を締め付けるほどの恐怖――だが、同時にその影に対する哀れみの念が瑞穂の心に生まれる。

やがて哀れみは恐怖に勝り、瑞穂《みずほ》は震える手でさらに窓を少しだけ開いた。

そうしなければいけないと思った。

「ありがとう……」

開かれた窓の隙間《すきま》から、にゅっと指が入り込んだ。

「ひっ！」

瑞穂は短い悲鳴をあげる。

それは白くて短い、子供の指。

爪《つめ》は青く、長い間水につかっていたかのように濡《ぬ》れてふやけていた。

指はさかんに窓のサッシを握ったり、撫《な》でたりしている。どうやら自分では窓を開けられないらしい。瑞穂は指が見えるあたりをおそるおそる凝視したが、やはり窓の向こうに見えるのはぼんやりとした影だけで、その指の持ち主の姿は見えない。

原因不明の焦燥感から、瑞穂は意を決して窓に顔を近づけようとした——そのとき。

「手を握りたいから、首ひとつ分だけ開けてよ」

三度目の願いが聞こえた。

すでに二度の願いを受け入れてしまっていた瑞穂は、その言葉に抵抗することはできなかった。

その向こうに立つモノの姿を見るために、瑞穂は窓を全開にする。

部屋の明かりが外を照らし出した。

そんなに強い光のはずは無いのに、外の景色は、光の白と闇《やみ》の黒のふたつに切り分けられた切り絵のように見えた。それは闇に慣れた目で、急に日差しの強い場所に出たときのよう。

そして、部屋の明かりに照らされて姿を現したのは小さな子供。

その子は瑞穂の記憶の中にだけ残っている、懐かしい声で呼びかけてきた。

「みずほちゃん」

「と、智《とも》ちゃん？」

それは小さい頃《ころ》の智宏《ともひろ》。

まだ二人が仲良く遊んでいた頃の智宏だった。

「部屋にいれて？」

か細く震えるような声で、幼い智宏が呼びかける。

「なんで……」

混乱する頭で、瑞穂は無意識のうちに机のほうを見た。

ガラス細工の動物園と、暖かなオレンジ色をした干し柿《ほがき》が目に映る。

「鶴《つる》の首を折ってしまったから、嫌いになったの？」

「そ、そんなことないよ！」

首の曲がった鶴。

それは瑞穂にとっては良き思い出。

嫌いになる理由などではない。

「だったらいれてよ」

少しふてくされたような智宏《ともひろ》の声。

そんなしゃべりかたも、瑞穂《みずほ》にとっては懐かしいものだった。

「智《とも》ちゃん……智ちゃんなのね。ほんとに」

瑞穂が窓の外に立つ幼い智宏に手を差しのばそうとしたとき、ぽわっと背中が暖かくなった。いままで外の闇《やみ》を照らしていた白く冷たい光に、オレンジ色の暖かみを帯びた光が混ざる。それは瑞穂もよく知っている、夕日の色だった。

白と黒の切り絵のように見えていたとき、それはたしかに智宏の姿に見えていた。

しかし、濃淡のあるオレンジ色の光に照らされたとき――それはまったく違う姿を現した。

窓の外に立っていたのは、白っぽくふやけた肌色の肉塊。

肉のくぼみや突起が、目や鼻のようなものを形作っているが、それは下手《へた》な粘土細工のようなものだった。陰影の具合で、まるで幼い頃《ころ》の智宏のように見えていたに過ぎない。

本物の光に照らされたそれは、人にすら見えない異形のモノだった。

「いっ、いやあああっ！」

瑞穂はその姿に悲鳴を上げた。

「ぴゅうっ！」

正体を露《あら》わにされたそれは、息を勢いよく吐き出したときのような音をたててたちまち窓の前から姿を消した。残されたのはあの甘ったるい嫌な匂《にお》いだけ。

瑞穂の悲鳴に気づいたのか、下の階から両親が階段を上ってくる音が聞こえてきた。

その音にほっとしながら、瑞穂はふと後ろを振り返った。

机の上には、ぼんやりとオレンジ色の光が残っている。その光を発しているのは、珠枝からもらったあの干《ほ》し柿《がき》だった。

不思議なことに萎《しな》びた干し柿は、いまはぷくっと膨らんでいた。元々、人の顔に見える干し柿だったので、その姿は両頬《りょうほお》に空気をため込んでいるようにも見える。

「あなたが助けてくれたの？」

瑞穂は干し柿に問いかける。

さっきの妖怪《ようかい》とは違い、この干し柿は怖いという感じはしない。

「たんころり～ん」

干し柿は瑞穂の問いかけにそう答えると、空気が抜けたように萎《しぼ》んでいき、もとの姿に戻っていった。

【第四章】

白羽の矢

第四章　白羽の矢

朝、智宏《ともひろ》はパチリと目覚めた。

まるでいままで切れていたスイッチがオンになったような、そんな急な目覚めだった。

「あれ……俺《おれ》、いつ寝たんだっけ？」

そう思った途端、急に頭が痛くなってきた。風邪《かぜ》の頭痛とは違う、これまであまり経験したことの無い種類の痛みだった。

「そうか、昨日は好香《このか》たちと酒を飲んだんだった……」

目は開いたが、頭痛のせいで身体《からだ》を起こす気にはなれない。

寝転がったままぼんやりと天井を見ていると、何やらベッドの脇《わき》に人の気配がした。

「う～ん、やっぱり添い寝がいいかな。それとも、お目覚めのキス……いやいや、どうせならこの隙《すき》に襲っちゃうとか？」

「……おい、何やってんだ？」

タンクトップと短パンという朝から刺激の強い格好で、うんうんと一人で悩んでいるのは好香であった。

「わっ、起きちゃったんですか？　もっと寝ててくださいよぉ〜」

「いまの話を聞いて、おちおち寝ていられるか」

二日酔いとは別の頭痛を感じながら、智宏はベッドから起き上がる。

「せっかく素敵な目覚めを演出しようと思っていましたのに」

好香は残念そうにじっと上目遣いで智宏のほうを見つめている。

「そんなもん、演出しないでいい！」

「じゃあ、せめてお着替えを手伝いますね」

「いいから、さっさと出てけっ！」

智宏は好香を部屋から追い出すと、くらくらする頭を抱えながら時計を見た。

まだ学校に行くには間《ま》があるが、二度寝するほどの余裕はない。だいたい今日の学校の準備すらしていないのだ。

床に放《ほう》り投げられている学校のカバンを開くと、見慣れぬ本が何冊も入っている。

「ああ……安部公房《あべこうぼう》の本か」

辰則《たつのり》から預かった安部公房に関する資料をうんざりした顔で取り出すと、一緒にきれいな包みが飛び出してきた。それは瑞穂《みずほ》からもらったお土産《みやげ》の包みで、昨日からカバンに入れっぱなしのまま、すっかり忘れていたのだ。

「いけね、壊れてないだろうな？」

幸いどこも壊れてはいなかったガラス細工のオットセイを、智宏は本棚の空きスペースに置いた。

　そこにはこれまで瑞穂《みずほ》にもらったガラス細工が整然と並べられている。奥の方でホコリがつもっているのは、小学生のときぐらいにもらったものだ。

「ずいぶんたまったもんだなぁ」

　これらのガラス細工を見ると、智宏《ともひろ》は昔の嫌な思い出が頭に浮かぶ。

　それは瑞穂の大事にしていた鶴《つる》のガラス細工の首を折ってしまったこと。

　わざとではなかったのだが、瑞穂のお気に入りの鶴だったらしく、そのせいで泣かせてしまった。もしかすると、あのことが瑞穂と距離を置くようになったきっかけだったのかもしれない。子供の友情など、案外とつまらないことで壊れるものだ。

「智宏さん、朝ごはんですよぉ～」

　物思いにふける智宏を現実に引き戻す声が聞こえる。

　あまり好香《このか》を待たせるとまたちょっかいを出しにきそうなので、智宏はあわてて制服に着替えて、階段を下りた。

「あらためまして、おはようございま～す」

　今度はエプロン姿に変身した好香が出迎えてくれた。

「朝ごはんって、これおまえが作ったの？」

「昨日はすっかりご馳走《ちそう》になってしまったので、そのお礼にと思いまして」

　食卓に並べられた朝食は、あじの開き、ひじきの煮付け、納豆、キュウリの浅漬けと純和風。そして、キッチンからは大根の味噌汁《みそしる》の温かな香りが漂ってくる。

「いつもパンだそうですから、今朝は気分を変えてもらおうと和食にしてみました～」

たしかに智宏は自分で朝食を準備するので、だいたいトーストなどで簡単にすませている。昼もパンを買うことが多いので、実はちょっとパンには飽きていたところだった。

「へえ～、こりゃすごいな」

「さあさあ、早く顔を洗ってきてください。学校に遅れますよ」

「あ、ああ……」

智宏はなんだか新婚カップルのような会話にむずがゆい気持ちになったが、好香の言われるがままに朝の支度を整えると、食卓についた。

すかさず炊きたてのご飯がよそわれた茶碗《ちゃわん》が、智宏の前に置かれる。ほんわか立ち上る湯気と、炊きたてご飯の香りが智宏の心を和《なご》ませた。

「珠枝《たまえ》はどうしたんだ？」

「今朝早くにお出かけになりましたよ」

「出かけたって、どこに？　何をしに？」

好香の言葉に、さっきまで心穏やかだった智宏は急に不安になった。

「さあ……どんなご用事なのかまでは聞きませんでしたけど。大丈夫ですよ。すぐに帰ってきますって」

好香は智宏の表情を見て、励ますように明るい口調で言う。だが、そんな好香の心遣いは智宏《ともひろ》には届かない。

「家神《いえがみ》が家を守ることより大事な用事ってなんだよ！」

智宏はいらだち紛れに荒っぽい口調で言った。

「そ、それは……すみません。私にはわかりません」

智宏の言葉に好香《このか》は申し訳なさそうに肩を落として答えた。

「あ……ごめん。悪かった」

自分のことを案じてくれている好香に当たってどうする——いつものことながら、珠枝《たまえ》のことになると、なぜか智宏は冷静さを保つことができなくなる。

珠枝が家にいないだけで、いてもたってもいられないほど不安になる。

「珠枝がどこにいるのかは、知らないんだよな？」

「はい……珠枝様を探そうにも、私には遠くの気配を感じ取るような力はありませんので。お役に立てないですみません」

まるでしおれた花のように、好香は食卓の前でうなだれている。

「そうなのか……」

「あ、でも、もでですね、家神は守るべき家を簡単に変えたりはしないものなんです。智宏さんのようなかたがいる家なら、なおさらです。だから、そんなに心配しなくてもいいと思うんですよ」

好香に励まされている自分に、智宏は情けなさが倍増した。いま理不尽に怒った相手に励まされている――こんなに自分は小さな人間だったのだろうか。

「……これ、うまいな」

素直に礼を言うことも出来ず、智宏はいま食べたひじきの煮付けを小さな声でほめた。

「えっ、本当ですか？　ひさしぶりに作ったからちょっと自信なかったんですけど」

智宏がほめると、好香は嬉《うれ》しそうな顔をして笑った。

そんな素直な笑い顔に、智宏もつられて笑みを浮かべた。

昨日の晩も思ったことだが、好香はまるで人間のように喜怒哀楽を素直に表す。

珠枝はこんな素直な笑い顔を見せてくれることなどほとんどない。

目の前で笑う好香の顔を見ながら、いつか珠枝もこんな笑顔を見せてくれることがあるのだろうかと、智宏は思った。そして、もしも珠枝がそんな表情を見せてくれたら、自分も珠枝がいないことでこんなに思い悩むことはなくなるのかもしれないとも思った。

◆◇◆

朝食を終えた智宏は、好香と二人で一緒に家を出た。

さすがに好香に留守番をさせるのも気が引ける。それに、母親が帰ってきたときに好香がいたりしたら、いらぬ騒ぎをまねきそうだった。

いまの好香は、いつもの着物ではなく、前にも見せてくれたタイトなTシャツとジーパンという服装に変身していた。普通に家にある服を着ている珠枝《たまえ》に比べると、この変身する力はとても便利に思える。

「今日はちょっと暑いですねぇ」

長い髪の毛を後ろで結んでポニーテールにした好香《このか》は、一足先に夏がやってきましたといった感じだった。

「朝なのに少し蒸し暑いな。雨でも降るのかな？」

「まあ、私は暑いのも雨が降るのも大歓迎ですけど」

「やっぱり木の精ってのは、夏のほうが元気がでるのか？」

「木によりますよ。私の場合は、夏より春のほうが好きですねぇ」

「そりゃあ、桜だもんな」

蒸し暑いのに、相変わらず好香は智宏《ともひろ》の腕を手にとって身体《からだ》をすり寄せている。

離れろと言うのもトゲがあるので、智宏はされるがままに一緒に歩いていた。どうせ好香の姿は人には見えないのだし、人目を気にすることもないだろうと思ったからだ。

「やっぱり、きれいな花を咲かせているときが一番ウキウキします。智宏さんだって、桜が咲いているとウキウキするでしょ？」

「ん～、どうだろうなぁ」

「ウキウキしますよねっ！」

好香はずいっと顔を近づけると、妙に迫力のある声で言った。もしかすると、桜のプラ

イドを傷つけてしまったのかもしれない。

「あ、ああ、するよ。するする。春は桜が咲かないと始まらないよな」

智宏《ともひろ》はそんな好香《このか》に圧倒されて、こくこくと何度もうなずいた。

「そうでしょ〜？」

満足げな顔をする好香。

どうも好香の変なスイッチを触ってしまった気がしたので、智宏は話題を変えることにした。

「珠枝《たまえ》とはずっと前から知り合いなの？」

「そうでも無いですよ。みなさんがこちらに引っ越してからのおつきあいですから。まだ十五年ぐらいでしょうかね？」

「そうか。じゃあ、遠野《とおの》にいたころのことは知らないか」

「ええ、たしか、以前は山神様だったという噂《うわさ》は聞きましたけど」

「なんかよくわからないけど、零落《れいらく》して家神《いえがみ》になったんだって？」

「零落というのは人間の見方ですからね。実際のところは、私たちは山神とか家神とかそういうのはあまり気にしていないんですよ。零落って言うと、人はなんかクビになったみたいなマイナスな感じがするでしょうけど、私たちにしてみれば別の仕事に転職しただけみたいな？」

「ふ〜ん、そうなのか。なんかあのおっさんの言っていたこととはイメージ違うな」

　ここまで話したところで、ちょうど桜の木がある社《やしろ》の前まで到着した。通学路の途中なので、ちらほらと同じ学校の生徒の姿も見えてくる。これ以上、好香と話をしていたら、朝から独り言をしゃべり続ける危ない男と勘違いされてしまうだろう。

　だが、智宏には最後にどうしても聞きたいことがひとつ残っていた。

「あのさぁ、親父《おやじ》は珠枝のことはどう思っていたんだろう？」

「それって、智宏さんのお父さんが珠枝様のことを好いていたかってことですか？」

　あえて智宏が曖昧《あいまい》にしていた部分を、好香はずばりと言い直してきた。

「ん、まあ、そんな感じかな」

　智宏は言葉を濁すと、好香はむふふっと含み笑いをした。

「さぁ、私はよく知りませんし、本当のことはもう誰《だれ》にもわからないことです。でも、智宏さんのお父さんは、珠枝様も智宏さんのお母様もどちらもとても大事にしていました。私の下で花見をしているとき、四人はとても幸せそうでしたよ」

　そうやって語る好香は、いままでの印象よりずっと年上の落ち着いた女性に見えた。

　珠枝もそうだが、女性というのは時によって本当にいろいろな表情を持っている。そんな意外な一面を見せられるたび、智宏は戸惑うばかりである。

「いろいろ話してくれてありがとう。あと……朝は勝手にキレたりしてごめんな」

「いいえ、どういたしまして――」

　そう言いながら、好香はいきなり智宏の肩を抱いて、その頬《ほお》にキスをした。

あまりに突然のことだったので智宏《ともひろ》は何も反応できず、頰《ほお》に感じられた唇の感触よりは、ほんのりと漂う花の香りのほうが強く心に残った。

「な、何すんだよっ！」

顔を赤らめながら智宏は怒鳴る。

「いいじゃないですか、減るもんじゃないし。朝食のお代です」

好香《このか》はそう言い残すと、ポニーテールを揺らしながら境内《けいだい》の一番大きな桜の木のほうへと駆けていき、やがて姿を消した。

「なんなんだよ、まったく」

別に本心から怒っているわけではないが、智宏が照れ隠しでブツブツと独り言を呟《つぶや》いていると、いきなり後ろから何者かに羽交《はが》い締《じ》めにされた。

「よおっ、智宏！」

首だけで後ろをふり返ると、クラスメイトの辰則《たつのり》だった。

「お、おはよ」

「朝からすごいなおまえ。誰《だれ》なんだよ、あの美人は？」

「え、ええっ！」

「ずっとベタベタ手を組んで登校したりしてよぉ。メチャクチャ見せつけてくれるじゃないか。まわりの視線、すげぇ集めてたぞ」

「ちょ、ちょっと待て！」

智宏は混乱する頭で、自分の前を通り過ぎていく生徒たちの顔を見た。誰もが好奇心と羨望《せんぼう》の混ざったような顔でこちらを見ている。しかも、いつもより歩いている生徒の数が多い気がするのは、なぜだろう……

「つきあい悪い奴《やつ》だと思ってたら、あんな年上の彼女がいたのかよ。今度、紹介してくれよな。この時間に私服ってことは大学生なのか？」

「れ、冷静に話し合おう。まさか、おまえは好香の姿がずっと見えていたのか？」

「そりゃあ、邪魔するのは悪いし、ずう～っと二人の様子を見守らせてもらったよ」

どうやら『見えていた』と『見ていた』を間違えているようだったが、智宏の知りたい答えはすべて得られた。

どうやら考え得る限り、最悪の答えらしい。

「あんのやろぉ～」

智宏は社《やしろ》に立つ桜に怒りの正拳《せいけん》突きを喰《く》らわしたが、当然のように太い桜の幹はビクともせず、それは智宏のやわな拳《こぶし》を痛める結果に終わっただけだった。

その後、教室についた智宏は、男子生徒たちからは散々冷やかされ、女子生徒からは冷ややかな目でにらまれることになった。

おかげで瑞穂《みずほ》が学校を休んでいることに気づいたのは、二時間目の授業が始まってからだった。

瑞穂《みずほ》が学校を休むのは珍しい。

智宏《ともひろ》は瑞穂のことを少し気がかりに思ったが、休み時間ごとに朝のことで詰め寄ってくるクラスメイトから逃げるのに忙しく、そのことをゆっくり考える暇《ひま》もなかった。

◆◇◆

その日、瑞穂は父親の勧めで学校を休んでいた。

瑞穂の母親は、昨日の晩の不気味な訪問者のことを気の迷いだろうと笑い飛ばしたが、父親は可愛《かわい》い一人娘の身に何かあってはならないと、家中を点検して回った。そうしたところ、瑞穂の部屋の窓に白い羽の矢が刺さっているのを発見したのだった。

いたずらにしてもたちが悪いと思い、警察に連絡すると、一時間もしないうちに二人の警官がパトカーでやってきた。この素早い警察の対応は、両親も意外だったようだ。

瑞穂は自分の部屋の窓から、家の前に停車しているパトカーを眺めていた。警官たちはまず両親と話をするということで、瑞穂は部屋に戻っているようにと言われたからだ。

昨日のことは気味が悪かったが、瑞穂は警察まで呼ぶというのは少し大げさではないかと思っていた。もし、警官たちに昨日のことを聞かれたら、どのように答えたらいいのだろうか。

窓の外から智宏の姿を真似《まね》た妖怪《ようかい》がやってきたが、干《ほ》し柿《がき》が自分を守ってくれた、などと正直に話したところで、正気を疑われるのがオチのような気がする。

「でも、ほんとにあったことだしなぁ～」

瑞穂は手の中の携帯をもてあそびながら憂鬱《ゆううつ》な顔をした。

昼頃《ひるごろ》、クラスの女子から具合はどうかと電話がかかってきた。

体調が悪いわけではないので適当に誤魔化《ごまか》すと、その女子は「それよりすごい話があるの」と前置きして、今朝、智宏が年上の女性と一緒に登校していたという目撃談を語ってくれた。どうやら瑞穂の体調よりも、そっちの話のほうがメインだったらしい。

ただでさえ混乱することばかりなのに、そんな話を聞かされて、瑞穂の気分はとても落ち込んでいた。

「もう、最低……」

そんなわけでかなりブルーな瑞穂が窓際で頬杖《ほおづえ》をついていると、家の前の通りを見慣れない二人連れが歩いてきた。黒い服に身を包んだ二十歳過ぎぐらいの女性と、自分と同じ年頃《としごろ》の少女。少女のほうはこんな田舎《いなか》では少し場違いなストリート系ファッション。

「わぁ～、足長いなぁ～。私にはできないなぁ、あの着こなしは」

こっそりと瑞穂が窓から眺めていると、意外なことにその二人はこの家の玄関で立ち止まりチャイムを鳴らした。

瑞穂の部屋にも、そのチャイムの音が聞こえる。

下で警官たちの話し声がしたかと思うと、今度は父親が自分を呼ぶ声が聞こえた。

「は〜い」

下まで聞こえるように大きな声で返事をした瑞穂《みずほ》は、二階の部屋から一階に下りる。家の階段は玄関脇《わき》の廊下に通じているので、瑞穂はいまやってきた二人組と顔を合わせることになった。

「どぉも」

少女のほうが意味ありげな笑みを浮かべて挨拶《あいさつ》すると、黒ずくめの女性も無言のまま丁寧に頭を下げた。

「……では、自分たちはこれで」

警官たちは新しくやってきた二人連れと入れ違いに、玄関を出た。

「もう帰ってしまうんですか？」

警官たちにそう言った母親は、朝に見たときよりもやつれたような気がする。いったい警官たちとどんな話をしていたのだろうか。

「すみませんが、我々の専門外のことですので。あとはこちらのかたがたの指示に従ってください」

警官は硬い表情で二人組を見た。

「そうそう、どうせ警察に出来ることなんて無いんだから」

少女のほうがヒラヒラと手の平を動かしながら言った。

その態度に警官たちはあきらかにムッとした顔をしたが、何も言い返すことなく「失礼」

とだけ言い残して、パトカーに乗り込んでしまった。

「じゃあ、いろいろ話を聞かせてもらいましょうか」

二人組は遠慮《えんりょ》無い態度で家に上がり込むと、さっさとさっきまで警官たちのいた応接間に入っていった。

「この子も一緒のほうが？」

「あたりまえでしょ。ていうか、その子だけでいいわ。ご両親は席を外してくれます？」

「は、はあ……」

「いろいろ突っ込んだ話をさせてもらうから。他《ほか》の人がいると話しづらいでしょ」

納得できない顔をしていた瑞穂の父親に、真希《まき》が反論を許さぬ口調で言う。年の割にはずいぶんしっかりとした物言いをする子だと、瑞穂は少し感心した。

「じゃあ、瑞穂……しっかりな」

「う、うん」

何をしっかりすればいいのかさっぱりだったが、父親の真剣な顔を見ると、何も言えなかった。しかたなく瑞穂はひとりで応接間に入る。

「まあまあ、座りなさい」

真希は先にソファーに腰を下ろして、瑞穂にも席を勧めた。

「ええ……」

いったいこれからどんな話が始まるのか、瑞穂の頭の中では不安ばかりが大きくなっている。

「あなたが瑞穂《みずほ》さんね」

「は、はい」

「私は楠木真希《くすのきまき》。歳《とし》も近いみたいだから、真希って呼んでいいわよ。こっちはコヒロね」

「どうぞ宜《よろ》しくお願いします」

ずいぶんと馴《な》れ馴《な》れしい真希とは対照的に、コヒロは瑞穂に対して深々と頭を下げた。

「こ、こちらこそ」

つられて瑞穂も頭を下げるが、いったい何をお願いされたのかは、いまだにさっぱりわからない。

「まあ、隠していてもしょうがないからぶっちゃけちゃうけど、あなたは妖怪《ようかい》に狙《ねら》われているみたいなのよ」

「私が……妖怪にですか？」

「あなた妖怪とか、神様とか信じるタイプ？」

「え、ええと……」

「まあ、信じてないよね～。血液型占いは信じても、神様なんていないって思ってるタイプでしょ？」

真希は意地悪そうな笑みを浮かべて言った。

「あんまり宗教とか関心無いですから」

瑞穂はまさか両親が怪しい宗教に騙《だま》されているのではないかと思い始めた。もしそうならば、自分だけでもしっかりしないといけない。

「でもね、妖怪も神様も本当にいるんだな、これが」

真希はテーブルに手をついて、身を乗り出した。その表情はこちらの反応を楽しんでいるかのように見えたので、瑞穂は意識して冷静さを保ち続けるよう努力した。

「もしいたとして、それと私となんの関係があるんですか？」

「だから言ったでしょ。そんな奴《やつ》があなたを狙っているって」

「どうしてそんなことがわかるんです？」

「あなたの部屋に白羽の矢が刺さっていたでしょ。知ってる、白羽の矢？　あなた国語は得意？」

「白羽の矢って……『白羽の矢が立つ』とか言うときに使う、あれのこと？」

「そうそう。よく知ってるじゃない。あれは神様が人身御供《ひとみごくう》として貰《もら》い受けるという予告なのよ。そして、それがあなたの部屋の窓に刺さっていた。この意味わかる？」

「私を生《い》け贄《にえ》に……？」

「そのとおり。ここまではオッケーね？」

まるで同級生とテレビの話をしているかのような軽さで、真希は話を進める。

「でも、なんで私を？」

「さあね。まあ、相手が神様とは限らないんだけど。下品で下級な妖怪たちも、神様のマネをして白羽の矢を使うことも多いし——ていうか、ホントのところ、神様のマネをしているだけの奴《やつ》のほうが断然多かったりするのよ。で、あなた、そういう変なのに気に入られたり、恨《うら》まれたりした憶《おぼ》えはない？」

「その前にひとつ聞きたいんだけど」

真希《まき》の口調につられて、いつのまにか瑞穂《みずほ》もため口になっていた。

「いいわよ、なんでも聞いて」

「あなたたちは誰《だれ》なの？」

「ああ、ごめん。まだ名前しか言ってなかったっけ？」

そう言うと、真希はシルバーのケースから名刺を取り出して、テーブルの上に置いた。

『国土交通省　特定土地監視員補佐　楠木《くすのき》真希』

あっさりとしたデザインの名刺には、そう印刷されている。

「あまり一般の人には知られていないけども、こういう妖怪《ようかい》の絡んだ事件に対しては、国土交通省を通して私たちに話が来るようになってるの。相手が妖怪じゃあ、警察は役立たずだからね。ああ、名刺では役人ってことになっているけど、私は由緒正しい祈祷師《きとうし》の生まれなんだからね」

真希は自慢げにいったが、由緒正しい祈祷師というのがどれだけすごいのか、瑞穂にはピンと来なかった。

「じゃあ、あなたがその白羽の矢をなんとかしてくれるの？」

「まあね。今回はちょうど私がこの土地に出張中だったから、こんなに早く来ることができたの。あんた運が良いわよ」

「そ、そう……」

普段ならとても信じられない話だったが、さきほど不機嫌そうに帰って行った警官たちのことを思い出すと、真希の言っていることに嘘《うそ》はないようだった。

「白羽の矢が立てられたということは、遅くてもこれから数日以内に妖怪はあなたをさらいにやってくるってことよ。連中は義理堅いから、それは間違いないわ」

「けど、私はそんな妖怪とかと関《かか》わりをもったことなんてないし」

「でも、昨日の晩、何かが部屋にやってきたんでしょ」

「ええ、来たわ。とても怖かった」

「それはどんなやつだったの」

真希はいままでとは少し違った真面目《まじめ》な顔で問いかける。

「最初、それは智《とも》ちゃんのふりをしていて――」

「智ちゃん？」

「稲村智宏《いなむらともひろ》っていう、近所に住んでる同級生なんだけど」

「クワッ！」

いままでずっと黙っていたコヒロが、突然、奇声をあげた。

これには瑞穂も驚いたが、真希もかなり驚いているようだった。

「ど、どうしたのよ、コヒロ？」

「失礼しました」

コヒロは何事もなかったかのようにすました顔で言った。

「あんた、なんか知ってるんでしょ？」

真希《まき》はコヒロに詰め寄る。

「お話ししたくありません」

「どうしてよ？」

コヒロは無表情の顔を正面に向けたまま何も答えない。

真希はそんなコヒロの横顔をじっとにらんでいたが、やがて意を決したかのように囁《ささや》いた。

「……あなたが欲しがっていたシルバーのリングをあげるけど」

真希の言葉にコヒロは目を大きく見開いたが、やがてフィルムの逆回しのように元の無表情な顔に戻った。

「何よぉ～、じゃあこの前買ったアンティークのベルトバックルもつけるわよ。もう、あなたにあげてもどうせ使わないでため込むだけだからもったいないのに～っ！」

「稲村智宏《いなむらともひろ》というのは、昨日、桜の木の下で会ったかたのお名前です」

いままで貝のように黙っていたコヒロが、あっさりと口を開いた。

「何それ、マジで!?　ふ～ん、なるほどねぇ、それは聞き捨てならないわ」

真希はあごに手をあてて、にやりと笑う。それはどちらかと言えば、悪人の浮かべる笑みだった。

「で、瑞穂《みずほ》、その智《とも》ちゃんとかいう奴《やつ》は、あなたのなんなのかしら？」

「何って……ただの近所の幼なじみだけど」

「ただの？　ホントに？　嘘《うそ》をついてもコヒロの目は誤魔化《ごまか》せないから、正直に答えた方がいいわよ～？」

そう言われて、瑞穂はずっとこちらを見つめているコヒロのほうに目をやった。

その目は黒目が大きく、視線は自分に向いているというのに、どこに焦点があっているのかわかりづらい。

「わかったわ」

コヒロのことを少し気味が悪く思いながらも、瑞穂はしっかりとした声で答えた。同じ年頃《としごろ》の真希に、これ以上見くびられるのが癪《しゃく》な気がしていた。

「じゃあ、もう一度だけ聞くけど。あなたと智ちゃんはどんな関係なのかな？」

なぜか真希は妙に嬉《うれ》しそうだ。

瑞穂は顔を赤らめながら、真希とコヒロの顔を見比べる。

真希はともかく、コヒロの目には、かなり威圧感がある。嘘をついても見破るという真希の言葉も、その目を見たら信じられる気がする。

「智ちゃんは、私の――」

嘘《うそ》をついてバレたほうがよっぽど恥ずかしいと考えた瑞穂《みずほ》は、意を決してその質問に対して正直に答えることにした。

◆◇◆

逢魔《おうま》が時《とき》。

夕日が沈みかけ、夜と昼が曖昧《あいまい》な時間。

大禍時《おおまがとき》とも書き、大きな禍《わざわい》――災《わざわ》いが起きる時とされている。

身近な例をあげれば、交通事故が多いのもこの時間帯だ。

平地ではまだ夕日の残滓《ざんし》が残っていても、山の奥ではすでに夜が始まっている。うるさいほどの虫の音があたりに満ち、ネズミなどの夜行性の動物がねぐらから顔を出す。

昔の人々は、夜の山には昼間とは別の世界が広がっていると考えていた。

昼とは別の住人たちの世界。

人が認知できないモノたちの世界。

闇《やみ》に浮かぶ黒々とした山の姿そのものは、まるでそれ自体が巨大な生き物なのではないかと錯覚をさせる。

そして、当然、そんな夜の山に足を踏み入れるような人間はいなかった。皆、夜の山の恐ろしさをよく知っていたのだ。人がそのことを忘れ、山に敬意を払わなくなったのは、つい最近——そう、ほんのつい最近のことである。

そんな夜の山に、高級セダンを走らせやってきたのは兼康《かねやす》だった。

夜の山の恐ろしさを十分に理解している兼康だったが、昼間では山も静まっており、相手の気配を察することができない。そのため多少リスクは高くなるが、山が本当の姿を現す夜のほうが、兼康の仕事には都合が良かったのだ。

道路の舗装もされていないような林道の行き止まりにある山林。

車を降りて、さらに十分ほど山奥へと分け入ったところで、兼康は足を止めた。誰《だれ》かの私有地なのか、日本の山にしては珍しい広葉樹の多い雑木林だ。

「このあたりが臭《くさ》いんだけどなぁ」

兼康はペンライトを手に慎重に奥へと進んでいく。

ラジオのボリュームを少しだけ下げて、山の音に妙なところはないか聞き分ける。

「あれ……智宏《ともひろ》君？　いや、そんなわけないか」

兼康は林の奥に何者かの気配を感じた。一瞬だけ智宏の雰囲気に似ている気がしたが、どうやら気のせいだったらしい。

足音、呼吸音、鼓動、関節のきしみ、筋肉の動き。あらゆる音から兼康は相手の正体を探るが、この気配は兼康も初めてのモノだ。ただ者でないのは間違いないだろう。

やがてペタペタという濡《ぬ》れたような足音と共に、ペンライトの光の前にそれが姿を現した。

白っぽくふやけたような肌色をした、ぶよぶよと柔らかそうな肉塊。滑稽《こっけい》なまでに短い手足で、おぼつかない足取りでこちらへと近づいてくる。

目も鼻も口もないが、肉塊の表面についたシワがどこか人の顔のようにも見える。その姿は鬼のように人を威圧するような恐ろしさではなく、もっと根源からの生理的嫌悪感をわき上がらせる。妖怪《ようかい》に慣れた兼康《かねやす》でなければ、きっと悲鳴をあげていたことだろう。

そして、恐怖は多くの妖怪の好物である。妖怪の中には口から飛び出した叫《さけ》び声をつかみとり、そのまま肉体に宿った魂を引きずり出すものもいる。

「ぬっぺらぼうとは珍しいな。本物は初めて見た……」

兼康はできるだけ感情を平穏に保ちつつ、ぬっぺらぼうの動きを見守った。

ぬっぺらぼうは屍肉《しにく》から発生する妖怪と言われている。その性質や正体はあまり知られていないが、人の恐怖心をあおり、その隙《すき》につけいるとされていた。

「触らぬ神にたたりなし、ってね」

兼康はぬっぺらぼうをやり過ごすことに決め、その場をじっと動かずにいた。

いつのまにかぬっぺらぼうは兼康の目の前までやってきている。動作はにぶいくせに、驚くほど足は速い。

「あれ？」

ぬっぺらぼうは兼康の前で足を止めた。熟しすぎた果実のような甘ったるい匂《にお》いが鼻について気分が悪い。

「ははは、なんのご用でしょうかね？」

じっとこちらを凝視しているぬっぺらぼうの重圧に耐えかね、たまらず兼康は問いかけた。

するとぬっぺらぼうの身体《からだ》がぐにゃっと溶けるように形を失う。

「おおっと」

その直前、兼康は大きく飛び退《の》いて、ぬっぺらぼうから数メートルの距離まで離れた。

「私に不意打ちは通じませんよ」

いままで兼康が立っていた地面からは、粘度の高い泥のようなものが湧《わ》き出していた。もうちょっと逃げるのが遅ければ、兼康はその泥に足を捕らえられていたことだろう。

獲物を逃がしたそれはゴボゴボと音をたてながら、さっきまでぬっぺらぼうだったモノに吸収されていく。

それは明確な形を持たない、巨大なアメーバーのような姿となった。

「なるほどね……」

兼康はそれらが数え切れないほどの多くの虫や小動物の死骸《しがい》から構成された群体のようなモノであると見抜いた。

「ずいぶん古いモノのようですが、元になったモノがモノだけにその霊格は低そうですね。けど、それだけにたちが悪いかも」

珠枝《たまえ》のような霊格の高いモノならば、話し合いも通じる。兼康《かねやす》の肝《きも》を奪った大ムカデでさえ、どちらかと言えばまだ話のわかる部類だった。怒らせれば怖いが、こちらが礼儀を尽くせば交渉をすることも可能である。

しかし、このぬっぺらぼうには話し合いは無理のようだ。その不定形な姿からは、なんの知性も感情も感じられない。

「こんなやつに恨《うら》まれる覚えはないんだけどな」

兼康は相手を刺激しないように静かに後退するが、ぬっぺらぼうもその動きにあわせて前進してくる。

「しかたない。余所《よそ》の山で荒事は避けたかったんですがね」

背広の懐《ふところ》に手を入れながら、兼康はため息混じりに呟《つぶや》く。

「やれやれ、どうやって攻めたらいいものやら」

そうしている間にも、ぬっぺらぼうは身体《からだ》の大きさをぐんぐんと増している。霊格は低くても、危険度は十分に高そうだ。

「ふん、やはりこんなところまで来ておったか。抜けたような顔をして、仕事は早いな」

「なっ！」

兼康は自分のすぐ背後に、ぬっぺらぼうとは桁《けた》違いの巨大な気配がいきなり現れたことに気づいた。

耳にこだまを飼っている兼康は、聴覚に関しては誰《だれ》よりも鋭い感覚を持っていると密《ひそ》かに自負している。そんな自分が相手が声をあげるまで、その接近にまったく気づくことができなかった。

こんなことができるのは、人が畏怖《いふ》の念を込めて神と呼ぶようなモノだけだ。

「珠枝様ですか？」

懐に手を入れながら、兼康は後ろを振り返る。

珠枝は大木に背を預け、兼康を上目遣いに見上げていた。少し眉《まゆ》を下げて、なにやらわびるような目でこちらを見つめている。

「すまんな。それに手を出してもらっては困るんだ」

「そ、それはどういうことですか？」

すぐそばにはぬっぺらぼうも迫ってきていたが、兼康の注意はすべて珠枝のほうに向けられていた。いま、珠枝の周囲にはあの大ムカデ以上の禍々《まがまが》しい殺気が渦を巻いている。

それはぬっぺらぼうなどとは比較にならないほど危険で巨大な殺気だった。

「おまえ――死ねるか？」

珠枝が一歩前に踏み出した途端、林全体が鳴動した。

「ひっ！」

心臓を握りつぶすような強烈な殺気に、兼康は反射的に近くの薮《やぶ》へ飛び込んだ。

（な、なんだ……あれは？　あんな殺気、あてられただけでも危ないぞ）

兼康は低い姿勢を保ちながら、音を立てないように匍匐《ほふく》前進で移動をする。

こういった修羅場は何度かくぐり抜けてきたことのある兼康《かねやす》だったので、相手が悪いということもすぐに理解した。

相手は家神《いえがみ》――とは言え、兼康の見立てでは山神が零落《れいらく》したモノだ。

年を経たり、人に益為《な》すものを人は神と祭《まつ》ることがある。

だが、山神はそんな名ばかりの神とは違う。

どんな古い里よりも昔からその土地にあり、時には自然そのものとも言えるほどの強大な力をふるうモノ。その正体は、いまだ誰《だれ》にも理解できてはいない。何千年もかけた試行錯誤の末、人間が編み出したのはそれを怒らせることなく共に暮らす方法だけである。

(どうしたものか……)

気づくと、いつのまにかぬっぺらぼうの気配は消えていた。

珠枝《たまえ》の気配に圧倒されて住処《すみか》にでも戻ったのだろう。無理もない、自分もできることならそうしたいところだ。

兼康は手に持っていたペンライトを消した。暗闇《くらやみ》が珠枝の目をごまかせるとは思えないが、丸見えよりはマシだと思ったからだ。

ライトを消した途端、兼康は鼻をつままれてもわからないような闇に包まれた。

山の闇は里より深い。

人は明かり無しに山を動くことは出来ない。人間の種としての限界なのだ。

それでも夜の山を動こうとするのならば、四つん這《ば》いで獣のように動くことが、最も安全な手段だ。両手で地面の状態を探ると同時に、進行方向の障害物を確認しながら、ゆっくりと前へと進む。

腐った枯れ葉の匂《にお》いが、鼻に心地よい。

ねぐらはどこだ？

獲物はどこだ？

雌《めす》はどこだ？

本能が精神を支配する。

地面に置いた手の平に、虫が這い登ってきた。兼康はそんな名も知らぬ地虫を口元に運ぶと、ペロリとなめ取った。

土の味が口に広がる。

兼康は舌で虫をもてあそぶと、無意識のうちに前歯で噛《か》みつぶした。

その途端、舌の先に強烈な刺激が走った。味覚を焼き尽くすような苦さ。兼康が噛みつぶした虫は、その体内に弱い毒を持つ種類のものだったのだ。

（くそっ、いつのまにか惑わされていた!?）

その苦みのおかげで幸運にも我に返った兼康は、虫の味を追い出すため唾《つば》を何度も吐いた。

珠枝は兼康の心に侵入して、人間たる理性を奪い、畜生に落とそうとしたのだ。

キツネが人を化かすのと同じやり口であるが、最大限に警戒をしていた兼康をあっさりと惑わしたのは、さすがに神を名乗るだけの手際のよさだった。

（やっぱり神様の戯《たわむ》れってやつじゃないようだ。あちらが本気ならしかたない……部長の許可は取ってないが、まあ始末書ぐらいいくらでも書いてやるさ）

覚悟を決めた兼康《かねやす》は、この土地に来てから一度も外したことのないイヤホンを耳から外した。

その途端、兼康は山に満ちる音の洪水に溺《おぼ》れそうになる。

普通の人間の耳では虫の音しか聞こえない静かな山も、兼康にとっては混雑した駅のホーム以上の騒々しさに感じられる。

しかも、聞こえてくる音は、いま発生したものだけではない。

音は水面に発生した波紋のように、一度発生するとあらゆるものに反響しては、複雑な音波となって空中に漂い続ける。

山の向こうに大声で呼びかければ、こだまが繰り返し聞こえてくる。やがてこだまは聞こえなくなるが、それは音波が人間の耳では聞き取れないほど微小なものになったというだけのことであり、こだまの音が完全に消えるわけではない。

兼康の耳は、人間の耳どころか、どんなハイテク機器であっても感知できない音の残滓《ざんし》をはっきりと聞き分けることが出来た。

（思ったより静かな山でよかった……）

兼康は目を閉じて、耳であたりの気配を感じ取った。

音の反響は、夜の山の姿をはっきりと浮かび上がらせる。コウモリや潜水艦のソナーと原理は似ているが、兼康のほうが数段優れていた。それこそ月明かりで夜道を歩くのと、昼間に歩くぐらいの差があるだろう。

兼康の能力に死角はない。人間の目のように平面で物を見るのではなく、遮蔽物《しゃへいぶつ》を無視して立体的に世界を認知する。

（いた……動いていないのか？）

兼康は藪《やぶ》の向こうに珠枝《たまえ》の姿を感知した。

珠枝はもう一度、あたりに漂う何かを呼び集めていた。

（ダリか……？）

ダリとは飢えて死んだ生き物の魂。

人間も含まれてはいるが、ほとんどは小さな虫や動物の微小な魂である。それに取り憑《つ》かれれば、猛烈な空腹に襲われ、そのまま餓死するか、ひどいときには異常な食欲によって己の身さえ喰《く》らおうとする。昔、山道を一人で歩いていた旅人が、よくその犠牲となったという。

（ひどいものを呼びやがる。こだまを解放してなかったらアウトだった……）

兼康は小さなガムを口に放《ほう》り込み、あまり噛《か》まずに飴《あめ》のように舌の上で転がした。ダリはものを食べている人間に取り憑くことは出来ない。こうして敵の正体さえわかれば、なんとか対抗策はある。このまま珠枝の出方を見て、隙《すき》あらば出し抜くしかない。

「ちっちっちっ……」

兼康《かねやす》はガムをなめながら、いつのまにか舌を鳴らしている自分に気づいた。

（くそ、こだまのやつめ……）

あわてて歯を食いしばり、舌を鳴らすのを我慢する。

便利に思えるこだまの力であるが、それは兼康にとって諸刃《もろは》の剣《つるぎ》だった。

こだまは音を喰《く》らう妖怪《ようかい》で、山奥にある谷間など、音の溜《た》まりやすい場所に住む。

彼らはどんな音でも喰らうが、中でも生き物のたてる音をたいへんよく好む。その生き物が珍しい音をたてるものならば、なおさらだ。

自然界の生き物がたてる音というのは、こだまにとっては単調なものらしい。こだまがお気に入りの生き物——それは自然界にない様々な音を造り出す、人間に他《ほか》ならない。

こだまは谷間を歩く釣り人などに取り憑《つ》いては、その人間がたてる音を喰らう。

時に、こだまは音を求めるあまり、人間の精神を狂わすことさえある。こだまに狂わされた人間は、喉《のど》から血を吐くまでずっと意味のない独り言を繰り返し続ける。

兼康の場合、こだまをわざと自分の耳に取り憑かせていた。その餌《えさ》はラジオから流れる音である。だから、兼康はイヤホンを耳から外すことが出来ないのだ。

（このあたりは静かだからな。こだまのやつ、もう飢えてきているのか）

さきほどの舌打ちもこだまの仕業だった。まだ自覚症状があるうちはいいが、末期になれば自分では意識することなく、四六時中、大声で意味のない言葉を怒鳴り続けるようになる。こうなってしまっては、もう手の施しようもない。

（どうする……どうする……？）

焦っても名案は思いつかない。

そんな兼康に、珠枝《たまえ》があどけない少女の声で語りかけてくる。

「こだまを解放して、時間を稼いだところで無駄なことよ。おまえが死ねぬ限り、ワシはおまえを見逃さない」

藪《やぶ》の中で息を潜めつつ、兼康は珠枝の言葉の意味を反芻《はんすう》していた。

（死ねぬ限り……どういう意味だ？）

神は言葉を重んじる。

神の言葉には言霊《ことだま》が宿り、彼らは言葉で契約を結び、言葉に縛られる。

それ故《ゆえ》に、神は嘘《うそ》をつかない。もしくは、珠枝のように致命的に嘘が下手《へた》なのだ。

兼康は珠枝の口から出た、気になる言葉を思い返す。

『おまえ死ねるか？』

『おまえが死ねぬ限り』

奇妙な言い回しだった。

まるで兼康が自ら死ぬことを期待するような、そんな口ぶりだ。

神である珠枝がそのような言葉を使ったということは、そこには必ず意味がある。神は言い間違いなどすることはない。

（この判断が正念場だぞ……）

兼康《かねやす》は息を止めて、聴覚に精神を集中させた。

かすかに反響を続ける、過去の音を拾い集め、頭の中で世界を再構築する。

自分がやってきたときの足音。

昼間、鳴いていた鳥の声。

風が木々を揺らす音。

兼康のこだまの力ならば、音の残滓《ざんし》を辿《たど》って、数日前の山の様子まで再構築することが可能だ。

本のページのように積み重ねられていく山の過去の姿の中で、兼康の関心をひいたのは雨の日の様子だった。

誰《だれ》もいない山の中に、しとしとと降り注ぐ雨。

水の流れる音は、風の動きよりも地表の姿をハッキリと浮かび上がらせてくれる。

長く続く雨。雨水は水たまりに——そして、小さな流れとなり山全体を塗りつぶしていく。その水がたてる小さなせせらぎの音が、兼康にこの山の形を教えてくれる。

（これは……）

兼康は中腰になると、音を立てないように細心の注意をはらいながら、見つけたもののほうへと向かった。

背後で珠枝《たまえ》がこちらを振り向いた音が聞こえた。間違いなく、こちらに気づかれた。

「くそっ！」

どうせ気づかれたのならばと、兼康は覚悟を決めて全力疾走をした。

山の様子はこだまが教えてくれるため、山の夜道であろうと関係ない。昼間よりもハッキリと様子がわかるぐらいだ。

兼康がたどり着いたのは、壁のように行く手を遮《さえぎ》る地面の断層だった。

せり上がった断層は、二階建ての家ぐらいの高さがある。上から垂れ下がる草木の蔓《つる》によって覆《おお》われてはいるが、それを頼りに上に登ることはとても出来そうにない。つまりは行き止まりと言うことだ。

だが、兼康の顔には落胆の色は見えない。

兼康が断層にそってしばらく歩くと、すぐに目当てのものが見つかった。

「この穴の奥がそうなのか……」

その穴は人の手によって掘られたものなのか、自然によって出来たものなのか区別はつかない。岩と岩が重なるようにして天井を支えているので、すぐに崩れるようなやわな穴ではなさそうだ。

兼康はこだまの能力で、この横穴に水が流れ込む音を聞きつけ、その存在に気づいた——この状況を打破する唯一の方法として。

「そこで死んでいろ」

いつのまにか、背後に珠枝が立っていた。

こだまの力を借りずとも気配がわかるほどの近い位置に珠枝《たまえ》は立っている。いますぐにでも珠枝は自分の心臓を握りつぶすことが出来るだろう。

ハッハッという荒い息づかいが聞こえ、強い獣臭が兼康《かねやす》の鼻を刺激する。背後に立つ珠枝の気配がどんどん変化していき、何か強い力で圧迫されているように地面がメリメリと音をたてている。

兼康は自分の後ろで何が起きているのか考えることを放棄すると、やれやれといつもの苦笑いを浮かべて一言だけ呟《つぶや》いた。

「はい、いま死にますよ」

そして、兼康はこの世を去った。

【第五章】

罰が当たるよ

第五章　罰が当たるよ

夕食時と呼ぶにはだいぶ遅い時間に、智宏《ともひろ》はひとりで食事をしていた。

母親は今晩も遅いらしい。

今晩は冷蔵庫にあった豚肉と野菜を適当に炒めてみた。キャベツのはしが焦げているが、まあ食べられないということもない。

智宏はテレビのニュースを見ながら、味気ない食事を続ける。

珠枝《たまえ》はまだ帰ってきていなかった。夜更けに珠枝が帰ってくるということはほとんど無いので、この調子だと今晩は戻らないのかもしれない。珠枝がいないことはいつものように智宏の不安を募らせるが、だからといって自分にはどうすることも出来ない。

珠枝に携帯を持たせようとしたら、嫌がるだろうか？

そんなことを思案しながら、智宏は黙々と箸《はし》を動かした。

「ただいま」

智宏の予想を裏切って、珠枝がいきなり帰ってきた。

玄関が開いた物音はしなかったが、それはいつものことだ。

キッチンに入ってきた珠枝は、にやっと嬉《うれ》しそうに笑ってコンビニ袋を持ち上げる。

「土産《みやげ》だぞ」

「土産？」

智宏はオウム返しに珠枝の言葉を繰り返した。

「プリンだ、プリン」

珠枝はガサガサとコンビニ袋からプリンを取り出した。ふたつでワンパックになっている、智宏もよく知っている大手メーカーのプリンだった。

「どこで買ってきたんだよ」

「コンビニだ。初めて行ったがいろいろ売っていておもしろいところだな」

「プリンが欲しければ、俺《おれ》が買ってきてやったのに」

「そううるさいことを言うな。ワシがおまえに買ってきてやりたかったんだ」

智宏をからかうようないつもの口調ではなく、妙に真面目《まじめ》な顔をした珠枝は言った。そんな珠枝の雰囲気に呑《の》まれ、智宏もそれ以上文句を言うことはできなかった。

「食後のデザートに食べればよかろう」

珠枝はいそいそとプリンのパッケージを破りながら言った。

「わかった。サンキュー」

「もし欲しかったら、ふたつ食べてもいいんだぞ」

両手にひとつずつプリンを持って、珠枝が言った。

「いいよ、ひとつで」

「そうか？　おまえはプリンが大好きだっただろ」

「別に好きでも嫌いでもないよ」

「嘘《うそ》つけ。おまえはプリンが好きなはずだ。よく思い出してみろ」

たしかにプリンは嫌いではない。好みで言えば、好きな部類に入るだろう。

だが、智宏《ともひろ》は自分からプリンを買ったり、食べたりしたことはいままで無かった。

給食に出たり、誰《だれ》かにもらったりしたとき以外、プリンを食べた記憶も無い。

いままで気にしたこともなかったが、こうして考えてみるとちょっと不思議な気がする。

何か買い物をしようと思ったときも、プリンを買おうとは思ったことがない。

「どうでもいいよ。プリンのことなんて」

智宏は考えるのをやめた。

理由は特にない。これ以上、プリンのことを考えるのが妙に億劫《おっくう》に感じられた。

「そうか……」

「なんだよ、そんな顔して？」

なぜか珠枝《たまえ》は悲しそうな顔をして智宏を見つめている。

「気にするな」

二人の間に妙な空気が流れる。

どうもいつもの珠枝と勝手が違う。

智宏がまずくはないがうまくもない自作の夕食を再び食べ始めると、玄関の呼び鈴が鳴った。誰かは知らないが、この妙な空気を切り替える絶妙のタイミングだった。

「どなたですか?」

智宏はキッチンにあるインターホンのボタンを押して、訪問者に尋ねる。

「ここに智宏という人はいますか?」

こちらが誰かと聞いているのに、いきなりインターホンの相手は質問で返してきた。声からして女性。それも、たぶん若い女性だ。智宏は好香《このか》のことを思い浮かべたが、インターホンの向う側の声には彼女特有のほんわかした感じがなかった。どちらかといえば、人に喧嘩《けんか》を売っているようなツンツンととがった声だった。

「ええと、俺《おれ》が智宏ですけど?」

少し考えてから、智宏はとりあえず正直に答えてみた。

「あ、そう。わかった」

インターホンのスピーカーからは、それっきり声は聞こえなくなった。

「なんなんだ?」

智宏が首をかしげていると、玄関の方からガチャガチャという不審な音が聞こえてきた。どうやら誰かが玄関のドアを開けようとしているらしい。

母親から帰りが遅いという連絡を受けたので、玄関の鍵《かぎ》は締めておいたのが幸いした。

智宏はあわてて玄関に向かうと、ドアチェーンをかけながら叫《さけ》んだ。

「誰《だれ》だ、おまえ！」

「いいから鍵《かぎ》を開けなさい」

ドアの向こうから声が聞こえる。

こんなに大胆な強盗がいるだろうか？

身の危険を感じた智宏《ともひろ》は、警察に電話をしようと玄関を離れた。

「あなたに用があるのよ。さっさと開けなさい」

そんな怒鳴り声が聞こえたかと思うと、いきなり玄関の扉の隙間《すきま》から、黒い刃のようなものが突きだした。そして、その刃はギャリッと耳障《みみざわ》りな金属音を立てると、扉の鍵とチェーンを一刀両断にする。

その信じがたい光景に、智宏は言葉を失いその場に立ちつくした。

「お邪魔します」

すべての鍵が意味を無くした玄関が、ゆっくりと開かれる。

その向こうに立っていたのは、黒衣の女性だった。常識を逸脱した鍵開け方法とは裏腹に、その女性は礼儀正しく頭を下げている。ただ、その腕がカラスの羽のように見えたのは、智宏の見間違いだろうか。

「あれ……どこかで？」

「ここであったが百年目。覚悟しなさい！」

頭を下げている女性を押しのけて、ズカズカと入ってきた少女を見て、智宏はこの非常識な闖入者《ちんにゅうしゃ》が、お稲荷《いなり》さんの社《やしろ》で出会った二人組であることを思い出した。

「何しに来たっ！」

智宏は精一杯の虚勢をはりながら怒鳴った。

「何しに来たって、ちょっとあんたに話を聞きに来たのよ」

「話って……さっき、覚悟しろとか言ってなかったか？」

「それはあんたが立てこもったりするから、勢いで言っちゃっただけよ」

「立てこもったりなんてしてないだろ」

「鍵を開けろと言って、すぐ開けなかったら、それは立てこもりなの！　だいたい、あんた昼間から何かと私に逆らって生意気なのよね」

「そんな無茶な理屈で、人の家の鍵をぶっ壊す奴《やつ》がいるか！」

智宏の剣幕に、さすがに真希《まき》も少しやりすぎたと思い始めたようで、少し視線をさまよわせる。

「あ～、でもね、鍵を壊したのはあのコヒロだから」

真希は背後のコヒロを両手でつんつんと指さす。

「まことに申し訳ございません」

明らかな責任転嫁にもかかわらず、コヒロは素直に頭を下げて詫《わ》びた。ただ、顔は無表情のままだ。

「いや、謝られても……あ～ああ、この玄関どうしよう？」

あらためて切断された鍵《かぎ》の断面を見て、その滑らかさに驚かされた。きっと修理に来た業者の人も、これはいったいどんな大泥棒の仕業だろうと首をかしげるに違いない。

「あんたが素直に協力してくれれば、修理費ぐらい払ってあげるわよ。だから、私たちに協力しなさい」

真希《まき》は人差し指をビシッと突きつけて、智宏《ともひろ》に言った。

「壊したのはそっちなんだから、修理するのは当たり前だろ」

「何よ、じゃあ協力しないって言うの？」

「おまえさぁ、もう少し、話の順序を考えた方が人生すんなり事を進められると思うよ」

「なっ……！」

鋭い指摘をされて真っ赤になった真希の後ろで、コヒロがパチパチと手を叩《たた》いている。相変わらず無表情のままだが、どうやら智宏の言葉に大賛成という意思表示らしい。

思わぬ裏切りにあい孤立した真希だったが、すぐにいつもの自信に満ちた表情を取り戻すと、智宏のほうを見てニヤリと笑った。口元にちょっと見える八重歯は可愛《かわい》いのだが、その笑みは人を馬鹿《ばか》にしたように挑発的である。

「ふん、ずいぶんとなめたこと言ってくれているけど。この名前を聞いても、そんな態度を取れるのかな？」

「ああん？」

やっぱり自分の忠告は、真希には届かなかったらしい。相変わらずさっぱり話が見えてこない。

「私がここに来たのは瑞穂《みずほ》に関係することなのよ。あの子、このままだと神隠しに遭うわね」

アイドルの始球式のような暴投ばかりの会話のキャッチボールを延々と続けた末、ようやく智宏は真希が自分のもとにやってきた意図を理解することができた。

瑞穂が妖怪《ようかい》に狙《ねら》われており、その犯人として好香《このか》を疑っているらしいのだ。ついでにいえば、智宏も好香にたぶらかされており、信用できないと思っているらしい。

「桜の精が、好きな男の恋人に嫉妬《しっと》してとり殺すという話はよくあるのよ」

「べ、別に瑞穂と俺《おれ》はそんなんじゃないし……」

「そんなのは関係ないの。あの桜の精がどう思っているかが問題なのよ」

「好香はそんなことするような奴《やつ》じゃないと思うけど」

「それはあんたがすっかりたらしこまれているだけでしょ。今朝も人目も気にせず、仲良く一緒に登校していたらしいじゃない？」

「な、なんでそんなこと知ってるんだよ！」

「瑞穂に聞いたのよ」

「くそっ、誰《だれ》だ！　そんなくだらないこと瑞穂に教えたのは……」

「そんなわけだから、これから桜の精を退治しにいくわよ。あんたはその人質ね」

真希《まき》はさも当然のことのように言うと、智宏《ともひろ》を指さした。

「なんで俺《おれ》が人質なんて……」

「私に恐れをなして逃げられると、追いかけるのが面倒でしょ？」

「だから、まだ好香《このか》の仕業とは決まってないだろ！」

「まだそんなこと言ってるの？　相手は妖怪《ようかい》なのよ。あんまりかばうと逆に怪しいわよ」

この前のときもそうだったが、真希は妖怪に対して妙に敵対的だ。もしかすると、これが普通の人間の反応で、智宏のように妖怪を受け入れる考え方をしているほうが珍しいのかもしれない。

だが、だとしても真希に好香を退治させるわけにはいかない。

昨日の晩と今朝、あんなに楽しそうに昔話をしていた好香が、瑞穂《みずほ》を傷つけるようなことがあるはずない。智宏はそう信じていた。

「好香には手を出させないからな」

智宏がはっきりと真希にそう言ってやったとき、最悪のタイミングで玄関から新しい客がやってきた。

「こんばんわ〜、また遊びに来ちゃいました〜」

ほんわか声の挨拶《あいさつ》をしながら入ってきたのは、話題の中心人物の好香だった。

「これお土産《みやげ》の油揚げで〜す。って、社《やしろ》のお供えを失敬しちゃってきたものなんですけどね。あはは〜」

まったく緊張感の無い顔で笑っていた好香だが、真希たちの姿を見てギョッとした。

「うわあっ、あなたは昨日の銭投げ女！」

「変な呼び方するなっ！」

「智宏さん、なんでこんな人たちと一緒にいるんですかぁ～」

好香はひょいと身軽な動作で真希とコヒロの脇《わき》をすり抜けると、ささっと智宏の後ろに隠れた。

「いや、こいつらが勝手に不法侵入しているだけだ」

「じゃあ、警察呼びましょう。一一〇番ですよ」

「なんで、妖怪なんかに一一〇番されなきゃならないのよ！」

いきなり敵対心丸出しの二人に挟まれた智宏は、いったいどうしたらこの場を収められるのかと途方に暮れてしまった。

「もうっ、私たちはこれからゆっくりと楽しい夜を過ごすんですから。お子様はお家《うち》に帰ってくださいます？」

後ろから智宏の両肩に手を回しながら、好香は小馬鹿《ばか》にするような口調で言った。

「なっ、何言ってんだよ、おまえ！」

冗談だとはわかっていながらも、つい智宏は好香の言葉に反応してしまう。

お子様という言葉にピクリと眉《まゆ》を動かした真希だったが、そんな好香と智宏の様子を見てニヤリと笑った。

「ふふふ、語るに落ちたわね。やっぱり、あんたが瑞穂《みずほ》を狙《ねら》っている妖怪《ようかい》ってことね！」

「みずほ……誰《だれ》ですか、それ？」

「とぼけんじゃないわよ」

「とぼけるも何も……本当になんのことやらなんですけど」

好香《このか》は智宏《ともひろ》に抱きついたまま、キョトンとした顔をしている。その表情を見る限りは、本当に瑞穂のことは知らないようだった。

「そのいちゃついてる姿が何よりの証拠よっ！」

「誰がいちゃついて……」

真希《まき》の推理は智宏にとってまったく同意できないものだったが、いちゃついているという点についてはこの状況では否定できない。

「ややこしくなるから、おまえちょっと離れてろ」

「ええ〜っ」

智宏は抱きついている好香をゆっくりと引きはがしてから、なるべく真面目《まじめ》そうな顔をして言った。

「いままで俺《おれ》は好香に瑞穂のことを話したことはないし、こいつが知らないっていうのは本当のことだ」

「そーよ、そーよ！」

よくわかっていないくせに、好香は拳《こぶし》を突き上げて同意した。

二人がかりで否定されて、追い詰められた真希は最後の助けを求める。

「コヒロ！」

真希に呼ばれ、いままでずっと後ろに控えていたコヒロが無言のまま一歩前に出た。

その雰囲気に飲み込まれたように、いままで真希にブゥブゥ文句を言っていた好香も口を閉じた。

「このひと……人間じゃないですよ」

好香が智宏の耳に囁《ささや》く。

「やっぱりな」

智宏は無意識のうちに好香をかばうようにコヒロの前に出た。

「ひどいことをしたりはしませんから」

そんな智宏に、コヒロは淡々とした口調で言う。

「なんか怖いです、このひと」

好香のほうはコヒロに見つめられて、少し嫌そうな顔をする。

コヒロの視線はじっと好香を見据えたまま動かない。黒目に虹彩《こうさい》が無くなり、まるで虚《うつ》ろな穴が口を開いているかのような錯覚を受ける。

それは人間の目ではなかった。

その奥に秘めたるものは、人間には永遠に理解の出来ない異質なもの。外見などは問題ではない。この目さえ見れば、智宏にもコヒロが人間ではないことが一瞬で理解できた。

「……真希《まき》様、このかたは矢の持ち主ではありませんね」

「えっ、本当に？」

「私が見る限りですが。おそらく間違いないかと」

「樹齢百年ぐらいの桜の精が、あなたの目を誤魔化《ごまか》すことなんて出来るわけ無いか……」

コヒロの言葉に、真希もしぶしぶ納得する。

「ああっ、いまなんかさりげなく馬鹿《ばか》にされた感じがしましたよ？」

好香《このか》はまた智宏《ともひろ》の首に腕を回して、ピョンピョン跳びはねながら文句を言った。

「まあ、疑いが晴れたんだからいいじゃないか」

「それはそうですけどぉ～」

納得いかなそうな好香の顔を見ながら、智宏はなんでこいつはすぐに抱きつくんだろうと考えていた。

「じゃあ、いったい誰《だれ》が瑞穂《みずほ》を狙《ねら》ってるのよっ！」

「知るか。俺《おれ》に聞くなよ」

「あのね、人間に手を出すほど力を持った妖怪《ようかい》というのは、そうざらにいるものじゃないのよ」

「へえ、そうなのか？」

智宏は真希ではなく好香に尋ねた。

「そうですねぇ。山奥に入れば、結構いるとは思いますけど。里にまで下りてくる物好きさんは少ないかもしれませんね」

「でも、石《いし》の怪《かい》とか大蛇《だいじゃ》とか……」

「いやいや、あの人たちにそんな大それたことはできないですよ。石の怪なんて、悪さをしようと思っても、変な物音をたてて驚かしたり、頑張ったところで人を転ばせるぐらいしかできないんじゃないですかね」

「そんなもんなのか」

智宏にとって、それはちょっと意外だった。妖怪というと、もっと凄《すご》い力をもったやつらばかりかと思っていた。

「普通の人と接することが出来るほど霊格の高い妖怪って、最近じゃあ少なくなったんですよ」

好香は何気なく自分の霊格の高さを自慢するような口ぶりで説明した。

「だから、あんたたちが犯人で決まりと思ったのに。まったく！」

さも犯人だと間違った自分は悪くないと言いたげに、真希が口を挟む。

「勝手に決めるなよ」

「ああっ、もう……楽な仕事だと思ったのになぁ。これからどうしよう」

「おいっ、もう打つ手無しなのかよ？」

瑞穂が狙われているというのだ。こんな簡単にあきらめられては困る。

「そ、そんなことあるわけないでしょ！」

「じゃあ、これからどうするんだよ？」

「あてもないのにウロウロ探しても時間の無駄だし、私のいない隙《すき》を狙《ねら》われてもいけないから、一番無難な作戦は相手を待ち伏せすることね」

「妖怪《ようかい》が瑞穂《みずほ》の家にやってくるのを待つってことか」

「そういうことね」

「危険じゃないのか？」

「何よ、私が失敗するとでも思っているわけ」

「いままでの様子を見る限りは、まったく信用できないんだけど」

智宏《ともひろ》の遠慮《えんりょ》無い言葉に、真希《まき》は顔を真っ赤にして怒りをあらわにした。

「じゃあ、あんたも一緒に来なさいよ。私の手際を見せてやるんだから」

「俺《おれ》が!?」

たしかに瑞穂のことは心配だ。少しでも自分に役立てることがあるのなら、瑞穂を守ってやりたいという気持ちはある。

「稲村《いなむら》様はとても強い眼力《がんりき》をお持ちです。一緒に来てくだされば、心強いのですが」

智宏の気持ちを後押しするように、コヒロが言った。真希は不機嫌そうな顔をしているが、反論してこないということはコヒロと同じ気持ちなのだろう。

珠枝《たまえ》に貰《もら》った力が、瑞穂を助けるのに役立つというのなら使わない手はない。

「わかった。俺も一緒に瑞穂の家に行くよ」

「別にあんたの力を頼っているわけじゃないのよ。私の活躍をどうしても見たいっていうから連れて行くんだからね」

「わかった、わかった」

　智宏はだんだんと真希の扱い方を理解しつつあった。それは簡単なことで、真希に言いたいことは言わせておけば良いということだ。そうやって考えてみると、極端に無口なコヒロと真希は、実はベストな組み合わせなのかもしれないと、智宏は内心で思った。

「好香《このか》、せっかく来てくれたのに悪いけど、瑞穂のことが心配だから様子を見てくる」

「だったら、私もいきますよ。暇《ひま》ですし」

「いいよ、ついてこなくて！」

　ただでさえややこしい話になっているというのに、瑞穂のところに好香を連れて行ったりしたらトラブルの種になるだけだ。

「はぁい、わかりましたぁ。でも、浮気しちゃだめですよ」

　好香は智宏の頬《ほお》をぷにぷにとつついた。

「するかよ！　っていうか、浮気ってなんだよ！」

　智宏は赤くなりながら、珠枝に出かけることを伝えにキッチンへと戻る。ところが、さっきまで珠枝の座っていた場所には、プリンがふたつ並んでいるだけだった。

「あれっ、珠枝？」

　玄関にいる真希に聞こえないように小声で呼びかけるが、返事はない。

あの真希《まき》が珠枝《たまえ》を見たら、きっとまた大騒ぎをすることだろう。それを見越して、珠枝は姿を隠したのかもしれない。

珠枝のことは気がかりだったが、あまり真希たちを待たせても不審に思われるので、智《とも》宏《ひろ》は簡単な身支度をして急いで玄関に向かった。

◆◇◆

「あれが白羽の矢よ」

瑞穂《みずほ》の家に到着したとき、真希が二階の窓を指差した。

そこには、神が人身御供《ひとみごくう》を求める家に立てるといわれる白い羽の矢が刺さっている。

「あの矢が、誘拐の予告なのか。なんかひどい話だよな……」

「昔はよくあったことらしいけどね。相手が神様じゃあ逆らうこともできないし、そのときがくるまで家族は泣いて過ごすしかできなかったって。でも、そんな神の印《しるし》を真似《まね》る妖《よう》怪《かい》もたくさんいるの。さすがに本物の神様じゃあどうしようもないけれど、相手が白羽の矢を真似ただけの妖怪ならどうにでもなるわ」

「妖怪が人をさらうことなんて、いまでもあるのか？」

「だいぶ減ってきたっていうけど、いまでも妖怪の仕業に間違いないって事件は年に十件ぐらいは報告があるし、遭難とか行方不明扱いになっているのをいれたら、実際の数はその数倍でしょうね」

「そんなに人がさらわれているのかよ」

驚いた顔をしている智宏を、真希は馬鹿《ばか》にするように横目で見た。

「でも、交通事故や自殺で死ぬ人の何千分の一しかいないわよ。それにさらわれたまま帰ってこないというパターンは神隠し全体の四分の一ぐらいしかないし」

「えっ、帰ってくることもあるのか」

「帰ってくるのが次の日なのか、五十年後なのかは、さらった妖怪次第だけどね」

「そんなんじゃあ、全然駄目《だめ》じゃないか」

「だから、私が追い払ってやるって言ってるんでしょ」

「それが信用できなくて心配だから、こうしてついてきているんだけどなぁ」

「なんですって！」

独り言のつもりだったが、真希に聞こえてしまったらしい。

智宏と真希が言い争いをしていると、その声に気づいたのか誰《だれ》かが玄関を開けた。

「あれ、智《とも》ちゃん？」

玄関口で瑞穂が驚いた顔をしている。

ゆったりとしたキャミソールに、膝《ひざ》までのズボン。智宏にとって、部屋着姿の瑞穂を見るのはひさしぶりだ。すぐ近所同士だというのに、この家に最後に来たのは思い出せないぐらい前のことだった。

「あの……あのさ……大丈夫か？」

なんと言っていいのか思いつかず、智宏《ともひろ》は小声で歯切れ悪く尋ねた。

「うん、大丈夫」

瑞穂《みずほ》も意外な智宏の来訪に戸惑っている様子で、顔を赤らめながら答える。

「あら、智《とも》ちゃん？」

瑞穂の母親も玄関にやってきたので、智宏は挨拶《あいさつ》をする。

「瑞穂が大変だって聞いて、なんか俺《おれ》にも手伝えることがあるらしいっていうから」

「あら、そうなの……ありがとうね」

瑞穂の母親は心労のためか顔色が悪い。いつもは旅行好きの元気な人なので、そんな姿に智宏は心を痛めた。

「いや、どのぐらい役に立てるかわからないんですけど」

「ほらほら、ふたりして何やってるのよ。智ちゃん、部屋に来る？」

他人行儀な二人の態度を見て、瑞穂は笑い声をあげた。

「あ、ああ……そうだな」

思ったより瑞穂は元気な様子だったが、無理をしている様子が見え隠れする。得体の知れない妖怪《ようかい》に狙《ねら》われていると言われて、平気でいられるはずはない。無理をしてでも、笑うことが出来るのは立派だと智宏は思った。

「智ちゃんがうちに来るのって、何年ぶりかしら」

智宏たち四人が入ると、さすがに瑞穂の部屋は狭く感じられた。

コヒロは何を考えているかさっぱり読めない無表情な顔のまま、部屋の隅に立っている。そんなところに立ったままいられると、どうにも居心地悪い気もするが、部屋が狭いのでしかたがない。

床面積を一番広く占拠しているのは、真希《まき》であった。

さっきからカバンから取り出した石ころや棒きれなど、得体の知れないガラクタを床に並べて考え事をしている。なんでもそれらは呪術《じゅじゅつ》の道具らしいが、智宏にはどのように使うのかはさっぱりわからなかった。

「まあ、これだけ人がいれば、妖怪だってびびって引き返すだろ」

智宏は瑞穂を励ますように、努めて明るい声で言った。

瑞穂の部屋には智宏が子供の頃《ころ》に来たときからある、ぬいぐるみや小物が多く残っていた。そのひとつひとつが、智宏に昔を思い出させる。

「おまえって、物持ちいいんだな」

中でも一番思い出深いのは、机の上のガラス細工の動物園。

動物たちの数はずいぶん増えていたが、その大部分は智宏の家にも同じ物がある。ただ、中心に干《ほ》し柿《がき》がひとつ置いてあるのは、どういう意味なのか智宏にはわからなかったが。

「その鶴《つる》、憶《おぼ》えてる？」

「えっ、ああこれか……」

干《ほ》し柿《がき》の隣に置かれた、繊細なガラス細工の鶴《つる》。

瑞穂《みずほ》に言われなくても覚えている。

自分が首を折ってしまい、瑞穂を泣かせてしまった。そして、ふたりが疎遠になってしまったきっかけとなった鶴だ。

ちくりと胸に痛みを感じながら、智宏《ともひろ》はそっと鶴をつまみあげた。

細い首のところにボンドで修理したあとが残っている。

いったい誰《だれ》が直したのだろうか?

ずいぶん下手《へた》で、少し曲がった状態で固定されてしまっている。

「その首、智《とも》ちゃんが直してくれたんだよ。泣いている私のために、一生懸命……あのときは嬉《うれ》しかったな」

「あれっ、そうだったっけ?」

智宏は少し驚いた。そんな記憶はまったくなかった。自分の記憶の中では、この鶴を折ってしまったから、瑞穂と会わないようになったはずだった。

「でも、あのときが最後だったかなぁ。智ちゃんがこの部屋に来たのは」

「うん……」

智宏は瑞穂の言葉を上の空で聞き流す。

記憶が混乱している。

言われてみれば、たしかにこの鶴を直したのは自分のような気がする。そして、そのときに瑞穂とはちゃんと仲直りしたはずだ。それなのに、どうしていままで間違って記憶していたのだろう。

「あ、違う。それから、一度だけひとりでウチの玄関まで来たことがあったっけ」

「俺《おれ》が、ひとりだけで？」

智宏は首をかしげた。瑞穂の家に来たのは、いつも母親に連れられてだと記憶していたからだ。

「そうそう、何か私に伝えたいことがあるからって言って……」

「なんだろう。全然憶《おぼ》えてないや」

「ひっどい男ね。それって告白しに来たってやつじゃないの」

いままでガラクタをもてあそんでいた真希《まき》が、突然、二人の間に割って入ってきた。

「ち、違うわよ。告白なんかじゃなくて……なんだったかなぁ、もっと変な話をしに来たと思ったんだけど」

「そこんとこどうなのよ？」

真希は床に並べていた棒きれをマイク代わりに、テレビレポーターのマネをする。

「憶えてないって言ってるだろ」

「ほんとかなぁ」

「うるさいな、おまえは」

「そうだよ、それは僕《ぼく》のことだもん。その人は関係ないよ」

いままで四人しかいなかった部屋に、いつのまにか五人目がいた。

どうやって部屋に入ったのか？

いつから部屋にいたのか？

奇妙なことに、それが言葉を発するまで、誰《だれ》もその存在に気づけなかった。

「智《とも》ちゃん……」

最初に声をあげたのは瑞穂《みずほ》だった。

その五人目は幼い姿をした智宏《ともひろ》。それは小学校低学年の頃《ころ》の姿だろうか。

この中でそのことに気づけたのは瑞穂だけだ。真希《まき》やコヒロは知るよしもないし、智宏も自分の幼い頃の姿など覚えてはいなかったからだ。

「コヒロ、なんでこいつに気づかなかったのよっ!?」

「申し訳ございません。まったく気配を感じませんでした」

「あなたの目を欺いたというの？」

「このかたからは稲村《いなむら》様と同じ気配がします。だから気づけませんでした」

「見た目は似てるかも知れないけど……」

「いいえ、違います。このかたの魂は稲村様と同じものです」

「それってどういうことよ」

「わかりません。魂を似せたという代物ではありません。まさしく分身です」

「ああ、もうっ。わけわかんない！」

コヒロの言葉に混乱した真希は、苛立《いらだ》たしげに頭をかきむしった。相手が妖怪《ようかい》なら力尽くでどうにかしてやるのだが、これではうかつに動けない。

そんな真希たちを無視して、幼い智宏は瑞穂のもとに近づいた。

昨日の晩のような粘土細工みたいな顔ではなく、いまのその姿はまさしく幼い智宏の姿そのままだった。

「みずほちゃん、忘れてよ」

「何……？」

「僕が前に言ったこと。忘れてよ」

「なんのことなの？」

「僕の家に家神《いえがみ》がいるってことだよ」

幼い智宏は、その小さな手を伸ばして瑞穂のおさげ髪をつかんだ。

「痛っ！」

髪をひっぱられ、瑞穂は身体《からだ》をかがめる。

「忘れてよ、忘れてよ。でないと、罰が……当たっちゃうんだ」

「ひっ！」

幼い智宏の手が、今度は瑞穂の喉笛《のどぶえ》をつかんだ。

「このガキ！」

一番近くにいた智宏《ともひろ》が、幼い智宏の頭をつかんで瑞穂《みずほ》から引きはがそうとする。

「邪魔しないでよ。お兄ちゃんには関係ないだろ」

幼い智宏は、智宏の顔を見上げて迷惑そうに言った。

その目つきは子供のものではない。苦悩して、くたびれはて、絶望を味わいつくした者の目だ。

いったい何があれば、子供がこのような目をするようになるというのか?

智宏はその自分の経験と知識では想像さえすることのできないものにぞっとした。

「おまえ……どうして……」

「うるさいよ」

幼い智宏は、自分の頭をつかむ智宏の腕を拳《こぶし》で殴った。

「ぎゃっ!」

たいして力があるように見えないというのに、智宏はまるで鉄の棒で殴られたような痛みを感じ、腕を押さえてみっともなく床を転げ回った。

「なんだかわからないけど、とにかく捕縛する!」

正体はわからないが、ここまでされては真希《まき》も黙っていなかった。

ダンダンと二回足踏みをして、右手の人差し指と中指を幼い智宏につきつける。

すると、ガララッという金属音と共に、部屋の床から鎖を手にした小人たちが現れた。

以前、智宏が足を縛られた技だ。

「あれ……なんで……」

鎖が足に絡みつくと、幼い智宏の動きがぴたりと止まった。

幼い智宏の手から逃れることができた瑞穂は咳《せ》き込《こ》みながら、その場にうずくまる。

「あれ、わりと弱い？」

真希は拍子抜けした顔をしつつも、鎖を厳重に幾重にも絡みつけていく。

「動けない……動けないよ！」

泣きそうな顔をする幼い智宏。

「そりゃあそうよ。私の縛鎖《ばくさ》はそう簡単には抜けられないわ」

この前、智宏に鎖を引きちぎられたことを根に持っていたのか、やたらと嬉《うれ》しそうに真希は言った。

「なんで、なんで邪魔するの。罰が当たっちゃうよ。また、誰《だれ》かが死んじゃうよ」

「真希様……」

コヒロがそっと真希の背後に近寄る。

「どうやら本性を現したようね」

真希の顔にも緊張が走る。

縛鎖に捕らわれた幼い智宏の姿に変化が起きた。

その身体《からだ》が熱せられた蝋《ろう》のように溶けて形を失う。

白っぽいふやけたような肌色。全体の輪郭は曖昧《あいまい》になり、へたくそな粘土細工のような姿になっていく。

「あれはぬっぺらぼうです」

「ふぅん、あれがね……初めて見たけど、あんまり上等な奴《やつ》じゃないみたいね」

「はい、屍《しかばね》から生まれた霊格の低いモノです」

「それがなんであいつの魂を真似《まね》たりしているのよ」

「それはわかりませんが……」

「まあ、いいや。あいつを退治すれば、この件は解決ってことよね」

「だといいんですが」

コヒロははっきりしない態度を見せたが、真希《まき》は気にせずに、今度はぬっぺらぼうの首に鎖を巻き付けた。

「これでおしまいよっ！」

真希が妖怪《ようかい》にとどめを刺そうとしたとき、突然、部屋が夕日のようなオレンジ色の光に包まれた。

「なっ、まぶしい！」

それはそれほど強い光でもないのに、真希は手で目を覆《おお》う。

すかさずコヒロが真希をかばうように前に立つと、その影はくっきりとした漆黒《しっこく》の闇《やみ》を生み出し、真希をオレンジ色の光から守った。

「たんころり〜ん」

真希とぬっぺらぼうの間に、ごろりと巨大な生首が転がってきた。

ぎょろりと大きな瞳《ひとみ》に、むすっと閉じたへの字口。相撲取りのようなマゲをした、いかめしい男の生首。それが真っ赤な顔をして、真希とコヒロをにらみつける。それはまるでにらめっこでもしているかのようで、普通なら卒倒しそうな奇怪な外見にもかかわらず、その姿は妙に滑稽《こっけい》だった。

「何よ、このふざけた奴は！」

コヒロの陰に隠れながら真希は叫《さけ》んだ。

「たんころりんです。さっきから本人も名乗っていますけど」

コヒロが冷静に答える。

「たんころり〜ん」

「ここは妖怪屋敷なのっ!?　さっきからわけわからないやつばっかり出てきて！」

「それより、縛鎖《ばくさ》が解けてますよ」

「なんですって〜！」

たんころりんのインパクトに圧倒されて、すっかりぬっぺらぼうのことを忘れていた。いつのまにか鎖を運んでいた小人たちは、オレンジ色の光を嫌ってか、命じてもいないのに勝手に床の中に戻っている。

さらに悪いことに、ぬっぺらぼうもすでにどこかに消えていた。

「このぉ、あんたのせいで！」

あともう少しというところで邪魔をされた真希《まき》は、その怒りの矛先をたんころりんに向ける。

「たんころり〜ん」

その気迫に驚いたのかたんころりんはごろりと回転して逃げようとするが、いかんせんその巨体では小回りがきかない。

「覚悟しなさい！」

まるでネズミを追い詰めた猫のように、真希は凶悪な顔をして舌なめずりをする。

「やめて！」

そんなたんころりんをかばうように、瑞穂《みずほ》が割って入った。

「邪魔よ！」

完全にキレている真希が叫《さけ》んだ。

「この人は悪くない」

「悪いわよ。ぬっぺらぼうを逃がしたのは、そいつなのよ」

「でも、この前は私を助けてくれたものっ！」

瑞穂はたんころりんをかばうように抱きついた。

巨大生首に抱きつく女子高生というのも異様な光景であったが、不思議と不気味さはない。

「たんころり〜ん」

瑞穂に抱きつかれて心なしかさらに顔を赤らめたように見えるたんころりんは、ぷしゅうと音をたててみるみるうちに小さくなっていく。

気づくと、床には干《ほ》し柿《がき》がひとつ転がっていた。瑞穂はそれをそっと大事そうに拾い上げる。

「なんなのよ、いまの妖怪《ようかい》は？」

そんな瑞穂の姿に毒気を抜かれたのか、真希は憮然《ぶぜん》とした顔で呟《つぶや》く。

「たんころりんは柿《かき》が化けたモノです。おそらくは、もう無害でしょう」

コヒロは瑞穂の手の中にある干し柿を見つめながら言った。

「それで、あのガキが瑞穂を狙《ねら》っている奴《やつ》なのか？」

いいところ無しの智宏《ともひろ》は、さきほど殴られてまだしびれている腕をさすりながら尋ねた。

「たぶんね。たくっ、ぬっぺらぼうごときが神を真似《まね》て白羽の矢を立てるなんて、おこがましいにもほどがあるわ！」

真希は腕組みをして吐き捨てるように言うと、思わぬところから反論が飛んだ。

「いや、白羽の矢を立てたモノなら、ここにいるぞ」

「お、おまえ……」

この部屋の中にいたものは、少なからず窓の外に立つ者の姿に驚かされた。だが、それは智宏の驚きに比べれば些細《ささい》なものだった。

「な、なんでここにいるんだよっ！」

「ちょっと、その娘に用事があってな」

窓の外、その暗闇《くらやみ》の中に浮かんでいたのは珠枝《たまえ》だった。

その珠枝は、お祭のときに神主が着ているような和式の服装をしている。いままで珠枝がそんな格好をしているのは見たことがない。

「なんだよ、その格好は……」

いつものTシャツとスパッツの格好とはまったく違って、神の名にふさわしい神秘的な雰囲気を漂わせる服装だった。

「あんた、ファミレスでお兄ちゃんと一緒にいた家神《いえがみ》ね。あんたが白羽の矢を立てたっていうの？」

「そうだ。それは私の仕業だ」

真希《まき》の問いに、珠枝はさも当然のことのようにあっさりと答えた。

「嘘《うそ》だろ……なんでそんなことを」

「ワシは嘘が苦手なのは知っているだろう？」

珠枝は窓の外でカラカラと明るく笑った。

服装は違えど、その人を馬鹿《ばか》にしたような笑い方は間違いなく珠枝だった。

「本当に……本当におまえは珠枝なのか？」

「智宏《ともひろ》……神は人に強く影響される。人の思いによって、神は姿や性格を変える。そもそも、ワシらを神にしたのは人間なのだからな」

まるで智宏《ともひろ》に諭《さと》すように、一言ずつゆっくりと珠枝《たまえ》は言った。

「話し込むな。言霊《ことだま》に縛られるわよ！」

真希《まき》はさきほど床に並べていたガラクタの中からペットボトルを手に取ると、智宏と珠枝の間に割って入った。

「何をするつもりだ⁉」

「決まってるでしょ、封じるのよ。今度は後れを取らない」

真希は窓を開けて、珠枝と対峙《たいじ》した。

「やってみろ、小娘」

珠枝は窓の向こうで、宙に浮かんだまま悠然《ゆうぜん》と構えている。

「コヒロ、風を！」

真希の叫《さけ》びと同時に、部屋に突風が巻き起こり窓の外へと空気が吹き出した。

「実家から持ってきた清めの水よ。たっぷり飲みなさい」

真希はペットボトルの水を風に乗せてぶちまけた。

「ワシを穢《ケガレ》扱いするとは、ずいぶんなもてなしだな」

水しぶきは風に乗り、霧のように拡散して珠枝を包み込む。

「よし、ばっちり捕らえた。そのまま清め、流されてしまえ！」

「ワシのような清い者を、これ以上、清めてどうする」

そう言って、珠枝は大きく息を吸い込んだ。その吸引力はものすごく、取り巻いていた霧をすべて飲み込んでしまった。

「なっ、なんてことを……！」

さすがの真希も呆気《あっけ》にとられ、言葉を失った。

「なかなか美味《うま》い水だ。もっと無いのか？」

挑発しているのか本音なのか、珠枝は真希に手を差し出す。

「こんのぉ、化け物が！」

「ふむ、美味い水を馳走《ちそう》になった礼に良いことを教えてやろう」

「何よ……」

真希も相手が一筋縄ではいかない相手と悟ってか、身構えつつも珠枝の出方を待つ。

「おまえの兄は死んでいるぞ」

まるで肩にゴミがついていることを教えるような気軽な口調で、珠枝は言った。

「なっ……そんな嘘《うそ》で私を惑わせるつもり！」

真希の両目が大きく見開かれ、ざわっと総毛が逆立った。

「さっきも言ったが、ワシは嘘が苦手なんだ」

そう言い残すと、珠枝は長い袖《そで》をひるがえし、文字通りあっと言う間《ま》に闇夜《やみよ》の中に姿を消してしまった。

取り残された真希は、誰《だれ》もいない窓の外を見つめたまま惚《ほう》けたような顔をしている。

「真希様……」

「コヒロ、ここはいいから。急いでお兄ちゃんを捜してきて」

真希《まき》はうつむきながら、ぼそっと呟《つぶや》く。

「わかりました」

コヒロは小さくうなずくと、部屋を出て行った。

「何かの間違いだ。珠枝《たまえ》はこんなこと——」

「うるさい、黙れ」

真希は冷たく言い放ち、智宏《ともひろ》の眉間《みけん》に人差し指を突きつけた。

「うっ……」

その途端、智宏は身体《からだ》を動かせなくなった。

それは例の縛鎖《ばくさ》とは違った感覚。動きを封じられたのではなく、動くことを身体が拒否しているような経験したことのない状態だった。

「黙って私の質問に答えなさい。あんたは瑞穂《みずほ》を殺したいと思っているのね？」

「何言ってるのよっ！」

思うようにしゃべることの出来ない智宏の代わりに、瑞穂が怒りを露《あら》わに抗議する。

「あの家神《いえがみ》は、白羽の矢を立てたのは自分の仕業だと言った。家神は家主の福となすことしかしない。それはつまりこの男があなたの死を望んでいるということになるのよ」

ひどく冷めた口調で淡々と説明をする真希は、いままでとはまったく雰囲気が違っていた。その表情からは、当てずっぽうやノリではなく、確信の上で言っているのだということが伝わってくる。

「さあ、正直に答えなさい。あなたは、瑞穂を殺したいと思っているの？」

真希は智宏の目をじっと見つめる。その瞳《ひとみ》から光沢が失われ、ぽっかりと穴が空いたような黒目が智宏の心の奥をのぞき込む。

それはコヒロと同じ瞳。

その瞳に見つめられると、智宏はやがて意識が混濁《こんだく》としてきた。

「……思ってる」

「そんなっ！」

智宏の言葉に、瑞穂は悲鳴に似た叫《さけ》びをあげる。

「ずいぶん深いところにある想《おも》いね。なんで家神はこんな想いを拾い上げたんだろう？」

真希は眉《まゆ》をひそめながら、智宏の顔をじっと見つめる。

「ちょっと攻め方を変えてみるか……ねえ、さっきあなたの姿をした妖怪《ようかい》は『また誰《だれ》かが死ぬ』と言ったわね。いったい誰が死んだの？」

智宏は頭がぼんやりして、ひとつのことを集中して考えることが出来なくなっていた。様々な感情と記憶が入り混じり、水面に浮かび上がる泡のように思考の表層に現れる。

忘れていたことも、隠したいことも関係ない。

すべては等しく、真希の言葉に引きずり出されていく。

「父さんが死んだ」

「ふぅん、あなたのお父さんはどうして死んだの？」

「事故で……」

「本当に？」

智宏《ともひろ》は沈黙したままだ。

「嘘《うそ》じゃないわよ。智宏のお父さんは、私たちが小学生のときに事故で亡くなったの！」

泣きながら瑞穂《みずほ》は叫《さけ》んだ。

「この術は禁呪《きんじゅ》でね、コヒロにばれたらヤバいぐらい強力なやつなの。だから、嘘なんて絶対につけないの」

真希《まき》は真っ黒の瞳《ひとみ》を大きく見開き、前髪が触れるぐらいまで智宏に顔を近づけた。

「どうしてお父さんは死んだの？」

「……俺《おれ》のせい」

「あなたのせい？」

「そう……俺が父さんを殺した」

その意外な告白にも、真希は動揺した様子は無い。

「なぜ、殺したの？」

「俺が珠枝《たまえ》なんていなくなればいいと思ったから」

「珠枝ってのは、あの生意気な家神《いえがみ》のことね」

「そうだ……俺が珠枝のことを瑞穂に話してしまったから……そのせいで、父さんは死んだんだ。家神の罰が当たって……」

「なるほど、直接殺してはいないけど、殺したのと同じってことか。そして、その家神は自分の秘密を知る瑞穂を殺そうとしている……だいぶつながってきたわね」

そのとき、窓の外からバサバサという大きな羽音が聞こえてきた。

「いけない、コヒロが戻ってきた」

真希は急いで智宏にかけていた術を解く。

その直後、コヒロは窓からふわりと部屋の中に舞い降りた。

「兼康《かねやす》様の気配を見つけました」

「どこなの？」

「ここから西に三キロほど離れた山の中です。ただ、気配はとても弱く、普通の状態でないことはたしかです。最悪の場合は……」

「そこまで飛べる？」

淡々と説明するコヒロの言葉を、真希は途中で遮《さえぎ》る。

「はい、大丈夫です」

「なら、すぐに連れてって」

ほとんど感情を表に出すことなく、真希はテキパキとコヒロに指示を出した。そして、まだ術の影響でぼんやりとしている智宏の腕をつかむ。

「あんたにもついてきてもらうわよ。すべてはあんたが原因らしいからね」

「稲村《いなむら》様はどうなされたのですか？」

真希《まき》に引っ張られてもほとんど反応をしない智宏《ともひろ》の様子を見て、コヒロは尋ねる。

「そんなことはどうでもいい。私たちを、早くそこへ！」

そう言うが早いか、真希は智宏をコヒロに押しつけると、自分は窓枠に足をかけた。

「わかりました、飛びます」

コヒロは真希と智宏の二人の手を握ると、窓から外に出た。

「ちょっと！」

驚いた瑞穂《みずほ》は、あわてて窓の外に顔を出すが、どこにも三人の姿は見えない。

ただ、窓枠に一枚の黒い鳥の羽根が残されているだけだった。

【第六章】珠枝のおきにいり

第六章　珠枝《たまえ》のおきにいり

闇《やみ》に広がる巨大な黒い翼。

二人をつかむ手は、いつのまにか黒いかぎ爪《づめ》に変化している。

「な、なんだ！」

強い風にあおられ、智宏《ともひろ》は正気を取り戻した。

眼下にはポツリポツリと頼りなく光る街灯と、家々の明かりが見える。遠くでゆっくりと移動しているのは、国道を走る自動車のヘッドライトだろう。

「……うわっ！」

上を見上げた智宏は、自分を持ち上げているものの正体を見て驚きの声を上げた。

それは巨大なカラス。

黒い巨体は闇夜《やみよ》に溶け込んでしまっているため、その大きさを把握するのは難しかった。

ただ、自分をつかんでいる爪のサイズからして、家よりも大きいことは想像できた。

「コヒロは東征《とうせい》中の神武《じんむ》天皇を大和《やまと》へと導いた、八咫烏《やたがらす》の末裔《まつえい》よ。道案内にこれほど頼りになるものはいないわ」

真希《まき》は感情のこもらない口調で説明する。ただし、それは智宏のためというわけではなく、自分自身の不安を紛らわすための言葉のようだった。

飛んでいる間、智宏はさっき何を真希に聞かれたのか思い出そうとしたが、耳障《みみざわ》りな風の音が邪魔をしてか、何も思い出すことが出来なかった。

「……ほんとに飛んでるんだよな」

空を飛ぶ浮遊感が、智宏から現実感を奪っていく。

すべてが夢で、目が覚めればベッドの中にいるのではないかという甘い期待が頭に浮かぶが、どうやらそんな現実逃避をしている場合ではないようだった。

「あ、あれは……山なのか？」

眼前を覆《おお》い尽くすように広がる黒い巨大な影が見えてきた。

あらゆるものを圧倒し、高みから見下ろす、尊厳な姿。

おそらく昼間見れば、それは名もない普通の山なのだろう。だが、闇夜の中、コヒロに運ばれながら見上げるその姿は、まったく別な様相を呈していた。

「まるで巨人みたいだ……」

智宏は畏怖《いふ》の心を持って、徐々に大きくなっていく山の姿を見つめる。

古代の人々は、山の中は人が暮らす世界とは異なる世界と考えたというが――いまの智宏にはそれが実感できた。

そして、その異界へと智宏たちは突き進んでいたのだ。

着陸は思ったより穏やかだった。

◆◇◆

山の上空から見えたわずかな木々の隙間《すきま》をめがけ急降下したかと思うと、着陸する寸前にふわっと速度がゆるめられ、やんわりと地面に降ろされた。その途端、自分をつかんでいたかぎ爪《づめ》の感触が消え失《う》せ、智宏《ともひろ》が後ろを振り向いたときには、いつもと変わりのない姿のコヒロが立っていた。

キツネにつままれたような気分で、智宏はあたりを見まわす。

光源は真希《まき》の持っている懐中電灯のみだったが、珠枝《たまえ》から眼力《がんりき》を与えられた智宏には明かりなど必要なかった。

「お兄ちゃんはどこ？」

到着してすぐに真希はコヒロに尋ねた。

すぐそこには地面の断層が壁のようにせり上がっており、下にいる者にのしかかってくるような不気味さを感じさせる。

「このあたりなのは間違いないのですが、それ以上のことは……」

「どうしてわからないのよ！」

「この山は黄泉《よみ》からの空気で淀《よど》んでいまして」

「そうなの……やっかいなところね」

コヒロの言葉に真希は苛立《いらだ》たしげに眉《まゆ》をしかめた。

異界とされる山であるが、黄泉の国と呼ばれる死者の世界も、かつては山の中にあると思われていた。山の向こうは死者の世界であり、人は死後、山の奥へと去っていくと考えられたのだ。

「あんたの眼力で何かわからないの？」

真希は忌々《いまいま》しげに智宏に聞いた。智宏の力に頼るのが癪《しゃく》だったのだろう。

「……いや、さっぱり」

いくら強い眼力を持っているとは言え、修行を受けていない智宏には、山の気など感じ取ることは出来なかった。

「役に立たないわね」

「ただ……」

「ただ、何よ？」

「……この沼……前に来たことがあるような気がする」

まるで断層の横穴からあふれ出すようにして、白っぽい泥水をたたえた沼が広がっているのが智宏の目には見えていた。

「沼？　沼なんてどこにあるのよ」

真希は懐中電灯を動かして、あたりをきょろきょろと見回す。

「何言ってるんだ、おまえ？」

「真希《まき》様、よく目をこらしてごらんになってください」

コヒロが真希にそっと囁《ささや》く。

「んん〜？」

そう言われて、真希は目を細めて横穴のあたりの地面をじっと見つめる。

「あ、ほんとだ。なんか出てる」

「なんだ、おまえには見えてなかったのか」

「う、うるさいわね。闇《やみ》に目が慣れていなかっただけよっ！」

プライドが傷つけられたのか、いきなり真希は智宏《ともひろ》の足を蹴り飛ばした。

「痛《い》ってぇなぁ！」

「もうっ、なんなのこの沼は!?」

「山の底に溜《た》まる屍《しかばね》の集まりです」

「何よそれ？」

「この山のように黄泉《よみ》に近い土地では、死んだ生き物たちの屍が土に戻ることもなく、山の底に溜まることがあります。おそらくそこの横穴が山の底につながっているのでしょう」

「屍の塊《かたまり》……ってことは」

真希は何かひらめいたようだ。

「これがぬっぺらぼうの元なのかもしれません」

「ああっ、私が言おうとしたのに！」

コヒロに先を越され、真希が悔しそうな顔をしたとき、闇の中から声が聞こえた。

「そのとおり、正解だ」

「あんたはっ！」

反射的に真希は懐中電灯の明かりを声のしたほうに向ける。

「珠枝《たまえ》！」

闇の中で、珠枝の白い衣が幻のように浮かび上がった。

「ここまで智宏を連れてきてくれてごくろうだったな」

珠枝はこのような場所での再会に、少しも動じる様子を見せることがなかった。

「あんた、こいつと深い縁があるらしいわね？」

真希が目で合図をすると、コヒロは智宏の両肩に手を置いた。

「な、何を……」

「申し訳ございません。ひどいことはいたしませんから……」

コヒロがそう耳元で囁くと、智宏は身体《からだ》から力が抜けていき、意識がもうろうとするのを感じた。

「人質とでも言うつもりか」

そんな智宏の様子などあまり気にかけていない様子で、珠枝は言う。

「どう受け取るかはあんた次第だけどね。それに、どうもこいつがこの件の中心らしいじやないの?」

「ああ、そうだ。すべては智宏《ともひろ》を中心に動いている」

「お兄ちゃんはどこなのっ!?　すぐに教えないと、こいつを……」

コヒロは表情を変えることなく、智宏の肩に爪《つめ》を立てた。その手は黒いかぎ爪を生やした鳥のものに変化していく。

「引き裂くとでも言うのか?」

「あんたが家神《いえがみ》なら、家主を見捨てることはできないはずよ」

「そのとおり。我ながら難儀なことだと思っているよ。おかげで、そんなやつでも守ってやらねばならないのさ」

コヒロに捕らえられている智宏を無視して、珠枝《たまえ》は例の白い沼の方向を見つめる。

その視線の先。

沼の中央には、いつのまにか小さな人影が立っていた。

「駄目《だめ》だよ、珠枝。また、おまえのことを人に知られちゃったじゃないか……」

その人影は、いまにも泣き出しそうな声で語りかける。

「すまんな、小さな智宏」

珠枝は悲しげな声で返事をした。

「そのお姉ちゃんにも忘れてもらわなきゃ。おまえのことを忘れてもらわなきゃ」

それは瑞穂《みずほ》の部屋に現れた、幼い智宏であった。

「もういやだよ。また、罰が当たるよ」

その智宏はやがて堪《こら》えきれなくなったのか、両手で顔を覆《おお》い、その場にうずくまって泣き始める。その姿はとても不憫《ふびん》に見えたが、真希《まき》は惑わされなかった。

「また出たわね、ぬっぺらぼう！」

「いや、違う……この子は智宏なんだよ。幼いころ、そこにいる智宏が山に捨てた、もうひとりの智宏なんだ」

珠枝はぬっぺらぼうをかばうように、真希の前に立った。

「何言ってるの、あんた。そいつは、ただの屍肉《しにく》の塊《かたまり》よ」

「屍肉であっても、智宏の魂が宿っている。正確には智宏の言霊《ことだま》だがな」

「何こいつ、ぬっぺらぼうに願掛けでもしたの？」

真希はコヒロに捕らえられている智宏のほうを見た。コヒロに捕らわれたままの智宏は、珠枝が何を言っているのか理解していないといった表情だ。

言霊とは、言葉に宿る霊のこと。人の願いは、もっとも言霊を宿しやすい言葉とされている。

「いや、智宏は何も覚えていまい。すべてはワシがさせたことだ」

「こいつの父親が死んだことと関係しているのね」

真希は隠し持っていた数少ないカードの一枚を出した。

それは効果があったようで、珠枝は少しだけ驚いたような顔をする。

「ほう、よくそこまで調べたな。だが、あれはただの事故だ。問題なのは、智宏《ともひろ》の父親——孝二郎《こうじろう》の死んだタイミングだ」

「どういうことよ。あいつは自分が父親を殺したと言っていたけど」

「そうか、智宏はまだそんなことを言っていたか」

その真希《まき》の言葉に、珠枝《たまえ》は肩を落として小さくため息をついた。

「ここまで来たら、全部話しなさいよ」

「ふむ……おまえはプリンは好きか？」

「はぁ？」

その唐突な問いには、さすがの真希も呆気《あっけ》にとられた。

「智宏はプリンが好きな子だった。そして、ワシもプリンは大好きだ」

珠枝の口調は昔を懐かしむようなゆったりとしたものだった。

「ある日、そのプリンが原因で、ワシと智宏は大喧嘩《おおげんか》をした。智宏はワシがいなくなってしまえばいいと思い、自分の家に家神《いえがみ》がいることを幼なじみの瑞穂《みずほ》に話してしまった。父親からは、家神のことは誰《だれ》にもしゃべってはいけないと釘《くぎ》を刺されていたというのにな」

「でも、そのぐらいで家神は消えたりしないでしょ」

「そのとおりだ。幼い智宏が家神のことを無闇《むやみ》に言いふらしたりしないようにするため、孝二郎が思いついた小さな嘘《うそ》だった。ところが、智宏がワシのことをしゃべってからしばらくして、偶然にも孝二郎は事故に遭い死んでしまったのだ」

「家神の罰が当たった……？」

「ワシはそんなことをしたりはしない。孝二郎のことは気に入っていたからな。だが、幼い智宏は事故を罰のせいだと誤解してしまい、己を責め続けた」

「自分のせいで父親に罰が当たった——自分が父親を殺したと考えてしまったのね」

「そして、自分で生み出した罪に幼い智宏が押しつぶされそうになったとき、ワシはこの山へと連れて来たのだ」

珠枝の背後では、あの白い沼がどんどんと大きくなっていた。

それは強い粘性を持っているようで、だんだんと盛り上がり巨大なボタ山のようになっていく。

「あまり話し込んでいる暇《ひま》はないみたいなんだけど」

その様子を見て険しい顔をする真希だったが、それを無視して珠枝はマイペースで語り続ける。

「この哀れな抜け殻は、どんなものでも欲しがる。それが深い後悔や罪悪感であってもだ。ワシはこいつに智宏の『父親の言いつけを守り、家神を守る』という誓いをくれてやった。こいつはそれを受け取り、その誓いに係《かか》わる記憶を奪っていったのだ」

「誓いに係わる記憶？」

「プリンのこと、瑞穂にワシの正体を話したこと、父親の死に対する悲しみ、罪悪感……こいつらは強欲だからな。もらえるものはなんでも喰《く》らう。だが、おかげで智宏は自分をならないという気持ちだけは残されたがな」

「その誓いを言霊《ことだま》としたのが、そこにいるぬっぺらぼうってわけね」

「そうだ……そして、幼い智宏《ともひろ》の誓いに縛られたこいつは、家神の正体を知るものを見逃しはしない。家神のことを忘れさせる。それが無理なら、もっと別の直接的な——忌まわしい方法を試すだろう」

真希《まき》は一歩だけ後ずさりした。

地面から盛り上がっていく沼の高さは、真希の背丈を超えようとしている。横へ広がっている大きさからして、それはものすごい体積だった。こんな大きな妖怪《ようかい》は、真希もいままであまり見たことがない。

「でも、なんでいまさら。智宏から言霊を受け取ったのは、ずっと前のことでしょ？」

「人間たちがこの山に踏み込み、木々を切り倒し、岩を削りだしたからだ。そのせいで、山の底からこいつらが漏れ出してしまい、現世の空気に惹《ひ》かれ、ぬっぺらぼうと化した」

「そうだったの……」

真希は、山のバランスを崩した原因が何であるかはよく知っていたので、少しだけばつの悪い顔をした。

もともと真希と兼康《かねやす》がこの土地にやってきたのは、このあたりの山で行われる道路工事で起きている災厄《さいやく》の調査が目的なのだ。

長い年月、安静に保たれていた山のバランスを人間の行為が崩してしまい、おもわぬ災厄を生み出すことは、昔からうんざりするぐらい繰り返されてきたことだ。いまさらそれを畏《おそ》れて山に敬意を払うようなことは、人間にはとうていできはしないだろう。

だからこそ、それらの荒事を調停するために、兼康や真希などの祈祷師《きとうし》が必要とされているのだ。

「だったら、私がそいつを祓《はら》ってあげる！」

汚名返上とばかりに、真希は意気込んで言った。

「それは駄目《だめ》だ」

それを珠枝《たまえ》はあっさりと拒絶する。

「なんでよ！」

「さっきも言っただろう。こんなやつでも智宏なんだ。だから、ワシは家神としてこいつを守ってやらねばならない」

「やっぱりあんたは！」

真希は急に警戒心を露《あら》わにして身構えた。

いままで珠枝があまりに穏やかに語るので、すっかり油断をしてしまっていた。もし、珠枝が真希たちを始末するために山におびき寄せたというのならば、いまはまさに最悪の状況だ。

珠枝だけでももてあます相手だというのに、その背後には巨大なぬっぺらぼうまで控えているのだ。

「できれば、この子にワシなどのために人を傷つけるようなことはさせたくなかった。だから、瑞穂《みずほ》にはお守りとして子守柿《こもりがき》を渡しておいたのだ」

「じゃあ、なんで白羽の矢を立てたりしたのよ」

「ああしておけばおまえたちが出張ってくれると思ったからだよ」

珠枝《たまえ》はしゃべりたいことはしゃべったというような晴れ晴れとした顔つきで、その幼い顔に笑みを浮かべた。

「それで、あんたいったい何がしたいのよ！」

「安心しろ、けじめをつけるだけだ」

珠枝はその顔からふっと笑みを消すと、真希《まき》の背後に立つコヒロをにらみつけた。

闇《やみ》の中で、珠枝の両の眼《まなこ》が黄色く輝く。

「クワッ」

コヒロはその落ち着いた外見に相応《ふさわ》しくない甲高《かんだか》い叫《さけ》び声をあげると、その姿を瞬《また》く間《ま》に一羽のカラスに変化させる。それは自分の意志からではなく、珠枝の眼光にあてられたためだった。

「何をっ！」

「この子をどうするか決めるのは、ワシでもおまえでもない。智宏《ともひろ》本人が決めることだ」

コヒロの手から解放されて我に返った智宏は、にらむように珠枝を見つめる。

「珠枝、そのぬっぺらぼうってやつが瑞穂を狙《ねら》っていたのは……」

「ワシの正体を知っていると思ったからさ。もっとも、瑞穂はそんな昔の話など、すっかり忘れていたようだがな」

「じゃあ、瑞穂を守ってやるためにはどうしたらいいんだよ。どうすれば、そいつは消えてくれるんだ？」

　智宏は忌々《いまいま》しげに、ぬっぺらぼうを指さした。

「おまえが昔たてた誓いを捨てればいい。そうすれば、こいつの魂である言霊《ことだま》は力を失い、おまえに返る。こいつは意志無き屍肉《しにく》へと戻り――すべては解決だ」

「誓いって……」

「簡単だ、孝二郎《こうじろう》の言いつけなど忘れてしまえ。家神《いえがみ》を守るなんてことに縛られるな」

「それで、そいつは消えるのか？」

「ただ、おまえは返ってきた言霊に耐えねばならない。本当ならゆっくり時間をかけておまえ自身の力で乗り越えていくべきものだったものを、ワシは忘れさせることで安易に解決しようとした。そもそもそれが間違いだったのだ。おまえには本当にすまないことをしたと思っている」

　珠枝は智宏に頭をさげた。

「やめろよ……なんで謝るんだよ」

　珠枝が謝る姿など、智宏は初めて見た。

頭を下げる珠枝《たまえ》の身体《からだ》は妙に小さく見えて、智宏《ともひろ》を不安にさせる。

「だまされないわよ！　こいつもぬっぺらぼうと同じように幼い誓いに縛られている。あんたを否定できるわけがない。それがわかっていて……」

真希《まき》は智宏を押しのけて、珠枝に対して身構えた。

その頭上には、カラスとなったコヒロが弧を描いて飛んでいる。

「智宏を見くびるなよ。それに、ワシの準備は万全だ。足下を見てみろ」

「わっ！」

いつのまにか、真希の足下にまでぬっぺらぼうは広がってきていた。

真希はあわてて後ろに飛び退《の》くが、そのあとを追うかのように、ぬっぺらぼうは急激に体積を増やして、横ではなく縦に伸びた。その高さは真希の背丈よりも高く、木の枝のように二本の触手のようなものを伸ばした。それは泥で作られた人間のようにも見える。

「クワァッ！」

コヒロが空中で鋭い鳴き声を上げる。

いままでずっと沈黙していたぬっぺらぼうの激しい動きに虚をつかれた真希は、バランスを崩して転んでしまった。

「いったぁ～！」

泥の塊《かたまり》は、地面に尻餅《しりもち》をついた真希のすぐ目の前までやってきていた。

「真希……」

白い泥が口を開く。

「しゃべった!?」

「私だよ……真希……」

くぐもっていて聞き取りづらかったが、その声には智宏も聞き覚えがあった。

「まさか、お兄ちゃん？」

「そうだ……私だ」

それは亡者《もうじゃ》のように真希に両手を伸ばすと、ゆっくりと一歩踏み出した。

「黄泉《よみ》から迷いでたの？　楠木《くすのき》の長男ともあろう人が情け無い！」

真希は怒りの声をあげたかと思うと、しゃがんだ姿勢から立ち上がりざま、泥の塊のあごにあたる部分に鋭いアッパーカットを喰《く》らわした。

「ぶっ！」

それはクリーンヒットして、泥の塊は大きく後ろによろめいた。

しかも、それはただのパンチではなく真希の霊力を宿した退魔の拳《こぶし》であった。パンチのヒットしたあたりから、白い泥はパラパラと乾いた音を立てて崩れていく。

「お兄ちゃんを使って惑わすとは卑怯《ひきょう》者め！」

「いや……それは本当におまえの兄だぞ？」

珠枝はあきれ顔で、崩れて出来た土塊の山を見下ろしている。

「き、効いたなぁ～」

土山の中からあごを手でさすりながら兼康《かねやす》が現れた。

「ええっ!?」

その姿は泥まみれで、ひどい有様であったが、少なくとも死人が蘇《よみがえ》ったというわけでは無さそうだった。

「真希《まき》、勝手に殺さないでくれ」

「でも、どうして……」

真希は兄の無事な姿に喜びつつも、戸惑いの表情を隠せなかった。

「珠枝《たまえ》様に命を狙《ねら》われたとき、私は黄泉《よみ》につながる穴に身を投げたんだ」

「なんでそんなことを……?」

「ちょっと死んだふりをするためにね」

兼康はあごをコキコキと左右に動かしながら答えた。

「あの穴は現世でありながら、強い黄泉の気が満ちている。生者が気配を消して、死んだふりをするにはもってこいの場所なのだ」

あごを痛めてしゃべりづらそうな兼康の代わりに、珠枝が説明をする。

「いや、ものすごい匂《にお》いで……本当に死ぬかと思いましたよ」

兼康はいつもの苦笑いを浮かべながら、身体《からだ》についた泥をはたき落とした。

「こうして生きているんだ。文句を言うな」

「あの中に入ってしまえば、さすがの珠枝様でも追うことは出来ないとは思っていましたが……しかし、なんだって私に死んだ真似《まね》などをさせたのです？」

「それは、おまえがワシの正体を知ってしまい、ぬっぺらぼうの智宏《ともひろ》がおまえを狙っていたからだ。ワシはおまえと智宏を戦わせたくはなかった」

「だったらそう言ってくれればいいのに」

「まともに説明して、黄泉の穴に飛び込むような奴《やつ》はいないだろうからな。それにおまえにはやってもらいたいことがあったから、この場に捕らえておきたかった」

「だとしても、ひどすぎますよ」

「ワシはおまえの神ではないからな」

そう言って、珠枝はにやっと笑う。

「で、私を生かしておいた理由は？」

さすがに兼康も腹を立てているのか、少しトゲのある言い方で聞いた。

「おまえのこだまを使って、智宏の言霊《ことだま》を探してもらいたいと考えたからだ」

兼康の皮肉など意にも介していないといった顔で、珠枝はしれっと答えた。

「だいたいのところは、この中で聞いていましたけど……本当によろしいのですか？」

「ああ、かまわんよ」

珠枝は肩をすくめた。

「では、あとは智宏君次第ですね」

「俺《おれ》次第……？」

「きみが珠枝様《たまえ》を守る気持ちは、お父さんの言いつけに従っているにすぎない。ぬっぺらぼうにその記憶を奪われてしまっているから自覚はないだろうけどね」

その場にいるものすべてが智宏《ともひろ》を見つめていた。

あのうるさい真希《まき》も、じっと黙って智宏のことを見守っている。

木の上ではカラスの姿をしたコヒロが黒い瞳《ひとみ》をこちらに向けており、兼康《かねやす》の顔からはいつもの苦笑いは消えていた。

「珠枝……」

珠枝は智宏と目が合うと、まるで励ますように小さくうなずいた。

「俺《おれ》の……珠枝を思う気持ちが……?」

珠枝を守りたい――それはいままで智宏にとって一番大切なことだった。

だから、珠枝のことを他《ほか》の人には秘密にして、友達も家に呼ぼうとはしなかった。

だが、なぜ珠枝をそんなに守りたいのか?

その気持ちが、父親の死に罪を感じ、その言いつけに盲従したにすぎないとしたら……

「もし、きみが自分の意志を取り戻し、お父さんの言いつけを否定できるというのなら、私はその手助けをしましょう」

兼康は懐《ふところ》に手を入れると、細い組紐《くみひも》を取り出した。

赤と白の紐《ひも》を組んで編まれた美しい組紐で、兼康が指先で撫《な》でると、なぜか鈴のような澄んだ音が紐自体から響いた。

その音色が、智宏の心の迷いをすっと洗い流すように消してくれた。

自分にとって珠枝がどんな存在であるか。

誓いとか、言霊《ことだま》とか、記憶とか、そんなものは関係ない。

いままでも、そしてこれからも、珠枝への気持ちはハッキリと決まっている。

やがて、智宏は意を決して、その口を開いた。

「もう、父さんの言いつけなんか関係ない――俺は」

「ヤァアアアッ！」

智宏の言葉は、森を切り裂くような叫《さけ》び声によって遮《さえぎ》られた。

いままでうずくまってむせび泣いていた幼い智宏が、その小さな身体《からだ》からは想像できないような大声を上げながら立ち上がった。

「イヤアアアアッ！」

すさまじい悲鳴をあげながら、ぬっぺらぼうは前に進もうとする。しかし、その足は白い沼の中に飲み込まれて抜き出すことができない。やがてバランスを崩して、両手を沼についてしまうが、その手も足と同様に沼の中へとずぶずぶと埋まっていく。

「イヤッ、イヤッ、イヤァアア！」

手足を動かすことができなくなると、ぬっぺらぼうは駄々っ子のように激しく首を左右に振った。そして、今度は四肢をゴムのように伸ばして、胴体だけでも智宏のほうへと近づこうとしたが、それも無駄なあがきだった。伸びきった細い手足では身体を支えることができず、ぬっぺらぼうは無様に顔面から沼の中に突っ伏してしまう。

やがて、身体《からだ》の半分を沼に捕らわれ、幼い智宏《ともひろ》は芋虫のようにズルズルと沼の中を這《は》いずることしかできなくなった。

「よくやりました、智宏君」

ぬっぺらぼうの動きが鈍くなったことを確認した兼康《かねやす》は、手にした組紐《くみひも》の先をくるくると回して、投げ縄のようにぬっぺらぼうにめがけて投げつけた。

重力を無視した不可思議な動きを見せて、組紐はぬっぺらぼうの上半身にからみつく。

「あとは言霊《ことだま》を探すだけです」

兼康は一方の手で組紐を手繰《たぐ》り、もう一方の手で耳からイヤホンを外した。

「くっ……」

兼康の顔が険しくなる。イヤホンを外したことで、山全体の音が一斉に兼康の耳に流れ込んでいるのだ。

同時に、組紐が振動してざあざあという濁流のような音を響かせる。

これはぬっぺらぼうの内部から発生する音。

兼康はその音を聞き分け、指先で組紐を微調整する。

ラジオのチューニングをするかのようにノイズが徐々に減っていき、やがてはっきりとした言葉となった。

『ぼくはお父さんとの約束を守る』

それは変声期前の幼さがあったが、間違いなく智宏の声だった。

幼いながら、真摯《しんし》さの感じられる言葉。

ずっと昔、智宏がぬっぺらぼうに与えた己の誓い——言霊。

兼康は珠枝《たまえ》のほうをふり返る。

「本当によろしいのですね？」

「……くどいぞ。さっさとやれ」

「はい」

こくりとうなずいた兼康が組紐を指でなぞると、ギイィィというまるで大型弦楽器のような低い音が鳴り響いた。

「その音で言霊を中和するのか。役人にしては手際が良いな」

「恐縮です」

やがて、組紐からの音が鳴りやむと、ぬっぺらぼうの身体は乾いた泥のようにボロボロと崩れて、白い沼の中へと消えていった。

「さようなら、小さな智宏」

珠枝はかすれるような声で呟《つぶや》くと、沼の前の地面をトントンとかかとで叩《たた》いた。

すると、いままで膨張する一方だった白い沼は、急激に地面の中に吸い込まれていき、あっという間にその姿を消してしまった。

「あとは本物の智宏《ともひろ》君だけですね」

「ああ……そうだな」

珠枝《たまえ》と兼康《かねやす》が振り返り、智宏のほうを見た。

「心配しなくても平気だよ。なんか急にいろいろなことを思い出しちゃって、頭がぐちゃぐちゃしているけど……」

珠枝と喧嘩《けんか》したこと。

事故のこと。

父親の死。

いままで忘れていたことが脈絡も無く、次々と頭の中に甦《よみがえ》ってくる。

それは記憶というよりは、押さえきれずにあふれ出してくる感情のようだった。

「混乱することもあるでしょうが、落ち着いて整理していくんですね」

兼康は励ますように言った。

「あの小さい俺《おれ》には悪いことをした気がする。子供だったときの俺の代わりに、ずっとこんな気持ちをひとりで抱えてくれていただなんて……」

「ぬっぺらぼうにとっては、どんな感情であっても手放したくない価値あるものだったんです。そのことを気にすることはありませんよ」

「どんな感情でも？」

「きみもいずれわかるでしょう。いまは辛《つら》い思い出でも、やがては大切な思い出に変わるときが来ます」

兼康は妙に優しげな声で思わせぶりなことを言った。

「……とりあえず家に帰りたいよ。なんかすごく疲れた」

「近くに私の車が停《と》めてありますから、家まで送りましょう」

「そうだ、私も瑞穂《みずほ》にもう心配しないでいいって教えてやらないと」

いつのまにか人間の姿に戻ったコヒロを従えて、真希《まき》が言った。

「あれ、珠枝は？」

智宏はあたりを見回した。

珠枝にもらった眼力《がんりき》のおかげで、闇《やみ》の中でもあたりの様子は見ることが出来るのだが、どこにも珠枝の姿が見えない。

「やはり、きみの目にも見えませんか？」

わかっていることを改めて確認するかのような口ぶりで、兼康は智宏に尋ねた。

「先に家に帰ったのかな」

「さて、どうでしょう」

さっきから兼康の様子がおかしい気がする。

智宏は不安になって、兼康に詰め寄った。

「あんた、何か知ってるのか!?」

「珠枝様《たまえ》が家神《いえがみ》としていられたのは、お父さんの言いつけに縛られていたきみが、その存在を強く望んでいたからです。しかし、いまのきみは珠枝様が家神でいることを望んでいますか？」

「そんなのあたりまえだろ！」

「さて、どうでしょうか。珠枝様のような神はとても微妙な存在なんです。神社におわすような定着した神とは違い、人の心のほんの少しの変化で離れてしまうことが多い。家神とは言いますが、本当は建物ではなく人の心に宿っているかたなのです」

「馬鹿《ばか》を言うなよ！　俺《おれ》があのとき言いたかったのは、珠枝を守りたいと思っているのは、父さんの言いつけを守っているからなんかじゃなくて――」

激昂《げっこう》する智宏《ともひろ》をなだめるように兼康《かねやす》は言葉を続ける。

「それに、あのかたは、もともときみのお父さんに惹《ひ》かれてこの土地にやってきたようですから、そのかたが亡くなられたときにここを去るべきだったのかもしれません。代々、家神を祭《まつ》り続けることが出来る家は、本当に少ないんですよ」

「……嘘《うそ》だろ。またどこかに行ってるだけに決まってる」

智宏は珠枝の姿を求めて、あたりを探し回った。

「珠枝様も、きみの言葉に縛られていたのかもしれませんね。きみが珠枝様を守りたいと誓ったため、どこにも行くことができなくなった。変な言い方ですけど、あなたに守られるために家に残ってあげていたのでしょう」

「そんな……そうだったのかよ？」

「私としては、珠枝様には家神などやめて、このあたりの山の鎮護《ちんご》をしていただきたかったのですけどね。あれほどの力を持ったかたには、そう滅多に会えるものではありませんから」

兼康はしばらく耳をすませ珠枝の気配を探していたが、やがてあきらめたのかイヤホンを耳に戻した。

「残念だけど、やっぱりお隠れになられたようだ」

兼康は智宏に静かに告げたが、それでも智宏は懸命に闇《やみ》の中を探し回った。

「どうしてだよ……珠枝。あの夜、俺のことを弟みたいなもんだって言ってたじゃないか……」

珠枝を守りたいと思い続けてきたことは本当だ。

兼康がなんと言おうと、それは間違いのない本心だ。

だが、それが珠枝を縛っていただけに過ぎないとしたら。

そして、その束縛が無くなったいま、珠枝は姿を消してしまったのだろうか。

珠枝のお気に入りは、孝二郎《こうじろう》であって——稲村《いなむら》家での生活ではなかったのか。

終章

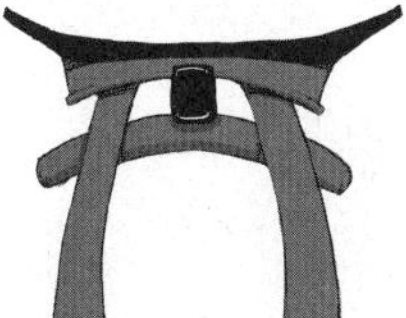

終章

あの夜、智宏《ともひろ》は兼康《かねやす》の車で自宅まで送られた。

珠枝《たまえ》が先に戻っているのではないかという淡い期待は裏切られ、それから三日間が過ぎていた。

母親には珠枝のことは話せずにいた。ずいぶんと込み入った話であったし、珠枝がいなくなるのはよくあることだったので、仕事に忙しい母親はあまり気にしていないようだったからだ。

ちなみに、玄関の修理は兼康の手配によって、翌朝までには以前とそっくりのドアに取り替えられていた。

瑞穂《みずほ》に対しては、真希《まき》が説明をしてくれていたようだった。

母親はともかく、迷惑をかけた瑞穂には謝らねばと思っていたのだが、翌朝、教室で会った時、反対に「大変だったね」と慰《なぐさ》めるような口ぶりで声をかけられてしまったため、その機会を逸してしまった。

気を遣ってくれているのか、瑞穂はその話題を避けているような雰囲気だったので、智宏もその好意に甘えて、なんとなくうやむやのままにしてしまっていた。

　これまで瑞穂に対して距離を置いてしまっていたのは、例の誓いのせいだったようだ。珠枝の正体を知る瑞穂に、無意識のうちに嫌悪感に近いものを抱いていたのだろう。その影響が無くなったいま、智宏は瑞穂と昔のようにつきあえるようになった。

　小さい頃《ころ》とは違い、少しは異性として意識することもあるが、いまのところは幼なじみの友達としての関係を取り戻しつつあるといったところである。


　その日、智宏と瑞穂は二人で下校していた。

　瑞穂のカバンには、例の干《ほ》し柿《がき》がぶら下げられている。

　アクセサリーとしてはずいぶんと奇抜なものに思えたが、なぜか女子たちには好評のようだ。いったい何が受けるかわかったものではない。

「珠枝ちゃん、まだ帰ってこないの？」

　畑に囲まれた道を歩いているとき、珍しく瑞穂のほうから珠枝のことを尋ねてきた。

「ああ……たぶん、もう帰ってこないよ。俺《おれ》のそばにいる理由はなくなったからな」

　その言葉に見苦しい自嘲《じちょう》的なものが含まれていると感じながらも、智宏はそういう態度を取らずにはいられなかった。

「そんなことないと思うけどな」

　瑞穂はカバンの干し柿を指でつつきながら言った。

「どうしてそう思うんだよ？」

「あの子が家にいたのは、智宏《ともひろ》のことが心配だったからなんでしょ？　だから、もう帰ってこないんだ」

「その心配の種がもう無くなったんだよ。だから、もう帰ってこないんだ」

「ふぅん」

瑞穂《みずほ》は何も言わなかったが、その素振りから納得していないのはすぐわかった。

「なんだよ。言いたいことがあるなら、言えよ」

「ん〜、じゃあねぇ、言ってあげる」

そう言われるのを待っていたかのように、瑞穂はトトトッと小走りで智宏の前に出て、向かい合った。

「なんだよ」

「ハッキリ言って、いまの智《とも》ちゃんだってすっごく心配だよ。自分で思っているほど、しっかりしてるわけじゃないんだからね」

「あのなぁ、珠枝《たまえ》が心配してたってのは、そういうんじゃないんだよ……」

「同じだよ。人のことを心配するのって、何か理由があるからじゃなくて、その人のことが大事だから思うわけでしょ。心配する理由が無くなったって、ずっとその人のことを気にかけているはずだよ」

「だったら、俺《おれ》だって同じだ。俺は親父《おやじ》の言いつけなんか関係なかったんだ。ただ、俺は珠枝のことを家族だと思っていたから――だから、大事に思っていたのに」

それはあの夜、ぬっぺらぼうの叫《さけ》び声に遮《さえぎ》られ、最後まで言えなかった言葉。

誰《だれ》かに言われたからとか、誰かのためにとかではない。

自分の意志で、珠枝と一緒にいたいと思っていた。

いままでも、これからも。

それがあの夜、智宏が珠枝に一番伝えたかった言葉だったのだ。

「けど、珠枝のほうはそんなふうには思ってくれていなかったんだ……」

「違うよ、智ちゃん。それは違うよっ！」

瑞穂は智宏の手を取って、力強く握りしめた。

「じゃあ、どうして珠枝はいなくなったんだよ」

「……それはね、きっと智ちゃんに嫌われたと思っているんじゃないのかな」

「珠枝を嫌ってる……俺のほうが？」

「そうよ。珠枝ちゃんがいなくなった夜、智ちゃんに悪いことをしたって謝っていたんでしょ？　それって嫌われたと思ったから謝ったんじゃないの？」

あの夜、自分に対して頭を下げた珠枝の姿――

いままでの珠枝と違って、それはとても小さく見えた。その姿は智宏の記憶にもはっきり残っている。

「まさか……あいつがそんなこと思うわけないだろ」

あの珠枝が嫌われているとか、そんなことを気にするとは思えなかった。

っていた。

珠枝《たまえ》はいつでも人の気など知らない様子で、まるで野良猫《のら》のように気ままな存在だと思っていた。

だが、それは違った。

今回のことで、智宏《ともひろ》はそれを知ったはずだった。

珠枝はずっと長い間、智宏を見守っていてくれたのだ。

山の中で智宏に代わってずっと幼い誓いを抱え続けていたぬっぺらぼうのことさえ、珠枝は同じように見守ってくれていたのだ。

誰《だれ》にも知られることもなく、守られている智宏本人にすら知られることなく……ずっといままで。

「女の子って、相手によっては時々すごく臆病《おくびょう》になっちゃうときがあるのよ」

「相手によって？」

智宏が首をかしげると、瑞穂《みずほ》は少しだけ頬《ほお》を膨らませた。なんで瑞穂が機嫌悪そうな顔をしているのか、智宏には見当もつかない。

「でね、私もちょっとだけ珠枝ちゃんの気持ちがわかるの」

「なんで……？」

「だって、私もずっと智《とも》ちゃんに嫌われたんじゃないかって心配していたから」

「……え？」

珠枝の意外な言葉に、智宏は虚を突かれた。

「ずっと不安だったんだから……ほんとに……もう……」

「ごめん……」

智宏は瑞穂の手の上に、自分の手を重ねる。

「ずっと悪かったな……瑞穂」

「智ちゃん……」


「あのぉ、真っ昼間から盛り上がっているところ悪いんですがぁ」


「うわぁ、好香《このか》!?」

智宏は反射的に瑞穂から手を放して、大きく後ろに飛び退《の》いた。

「えへへへ、おひさですぅ」

桜色の花びら模様のついた浴衣《ゆかた》を着た好香は、智宏の腕に取りすがってピョンピョンと跳《は》ねている。そう言えば、このすぐ近くに好香のいる社《やしろ》があったことを智宏は思い出した。

好香に腕を振り回されながら、智宏はおそるおそる横目で瑞穂の表情を見る。

その視線は好香が跳ねるのにあわせて、上下に動いている。どうやら、瑞穂にも好香の姿は見えているらしい。

「あちゃあ……」

智宏は思わず天を仰いだ。

「ねえねえ、一緒に遊びましょうよぉ」

「いや、いま大事なところ……じゃなくて、大事な話を……」

「いいから、いいから！」

相変わらずの強引さで好香《このか》は智宏《ともひろ》の腕を引っ張る。

そして、ずるずると引きずられる智宏のあとを、瑞穂《みずほ》はものすごい不機嫌そうな顔でついていく。

やがて、社《やしろ》のほうから子供たちの声が聞こえてきた。

社の前は好香の桜の木などに囲まれた、ちょっとした広場になっており、昔からずっと子供たちの定番の遊び場だった。

「昔は、よくここで遊んだなぁ」

広場には、いつものように近所でよく見かける子供たちが輪になって遊んでいた。幼稚園から小学校の低学年ぐらいの幼い子ばかりだ。

「いまですね、とおりゃんせをしているところなんですよ」

好香は子供たちの輪を指差して、はしゃぎながら言った。

子供たちは輪になって歌を歌いながら、二人の子が手を組んで作った門の下をくぐりぬけている。やがて歌が終わると、門を組んでいた子が手を下ろして、ひとりの子供を捕まえた。

捕まらなかった子たちは歓声をあげ、捕まった子はいままで門をしていた子と交代をする。

「へえ、とおりゃんせかぁ。なつかしいなぁ……って、なんだよあいつらは⁉」

智宏は遊んでいる子供たちを見て叫《さけ》んだ。

なぜなら、子供たちの中に、見覚えのある異様な姿を見つけたからだ。

「石《いし》の怪《かい》たちも仲間に入ってもらっているんです。みんなでやると楽しいですから」

好香は当然のことだと言わんばかりの顔で答えた。

よく見ると、石の怪だけでなく、智宏が見たことのない妖怪《ようかい》も混ざっていた。

太鼓のような大きな頭をした者、ワラのように細い身体《からだ》の者、二本足で歩いている子ダヌキなどなど……。

だが、なぜか子供たちはそんな妖怪たちに対して、何の恐れも抱いていないようだった。

それどころか、まるで普通の友達のように遊んでいる。

「あのぐらいの年頃《としごろ》だと、まだ私たちと遊んでくれますね。もうふたつ、みっつ年上の子だと駄目《だめ》ですけど」

「そうか……」

智宏は瑞穂のほうを振り返った。

「ん、どうしたの？」

瑞穂には妖怪たちの姿が見えていないのか、きょとんとした顔をしている。あれは子供か、智宏のように目に力のあるものにしか見えないらしい。

最初は警戒した目で妖怪《ようかい》たちを見ていた智宏《ともひろ》だったが、ごく自然な態度で遊んでいる子供たちの姿を見て気づかされた。

これは大人が知らないだけで、ずっと子供たちの世界では当たり前に続けられてきたことなのだ。遊んでいる子供たちの無邪気で楽しげな顔を見れば、それがよくわかった。

「そうだよな……おまえたちは、ずっと前からここにいたんだよな」

智宏はしみじみと呟《つぶや》いた。

「何言ってるんです、あたりまえじゃないですか。さあっ、智宏さんも一緒に遊びましょうよ」

好香《このか》は智宏の手を取って、子供と妖怪たちが作る輪の中に誘う。

「いや、さすがにそんな歳《とし》でもないし」

「歳なんて関係ないですよ。私なんて、智宏さんより年上だし」

「そりゃそうかもしれないけどさぁ」

二人が渋っていると、瑞穂《みずほ》のカバンにつけられていた干《ほ》し柿《がき》が、いつのまにか巨大な顔のたんころりんの姿になっていた。

「たんころり〜ん」

たんころりんはごろりごろりと転がって輪のほうに向かおうとする。

「きゃあ!」

たんころりんにカバンをひっぱられて、瑞穂は思わず智宏の手をつかんだ。

好香に押され、たんころりんと瑞穂にひっぱられ、智宏も遊びの輪の中に入っていった。

とおりゃんせ　とおりゃんせ
ここはどぉこの細道じゃ
天神さまの細道じゃ
ちょっと通してくだしゃんせ
ご用のないものとおしゃせぬ

いつのまにか、智宏と瑞穂は門の役を押しつけられていた。
二人で組んだ手の下を、みんながとおりゃんせの歌を歌いながら次々とくぐっていく。
子供たちも、好香も、たんころりんも、石《いし》の怪《かい》も、そして——

この子の七つのお祝いに　お札をおさめに参ります
行きはよいよい　帰りはこわい
こわいながらも　とおりゃんせ　とおりゃんせ

歌が終わると同時に、智宏と瑞穂は両手を下げて子供をひとり捕まえる。
黒くて長い髪に、ぶかぶかのTシャツとスパッツという姿の女の子。

二人に抱きかかえられるようにして捕まえられても、その子はうつむいたまま何もしゃべらない。

それを見て、智宏《ともひろ》はちょっと意地の悪い笑みを浮かべながら囁《ささや》いた。

「早く帰ってこないと、冷蔵庫のプリン、ふたつとも食べちゃうぞ」

すると、その子はようやく顔をあげ、少し恥ずかしそうに頬《ほお》を染めながら呟《つぶや》いた。

「……ふん、この罰当たりめ」

みんなの歓声が社《やしろ》の広場に響いていた。

おわり

あとがき

この物語では、私たちの世界より少しだけ妖怪《ようかい》たちが身近な存在となっています。

残念ながら、私は智宏《ともひろ》たちとは違ってこれまで妖怪というものを見たことはありません。

ですが、この目で見たことはなくても、妖怪たちのことを想像することはできます。

道ばたに転がっているあのまん丸い石は、もしかしてひなたぼっこを楽しんでいる石《いし》の怪《かい》なのでは？

庭の柿《かき》の木にいつまでも残っている柿は、もしかして木と小鳥を見守っているたんころりんなのでは？

毎年、辻で花を咲かせてくれていた桜が伐採されたとき、とても悲しく感じたのは、あれがただの木ではなかったからでは？

誰《だれ》もいない静かな家で留守番しているときに、どこかに人の気配を感じるとき……もしかして、この家には家神様《いえがみ》がいて、自分を見守ってくれているのでは？

そして、その家神様はちょっと生意気で、とても気分屋で、だけど可愛《かわい》い女の子の姿をしているとしたら——って、これは想像というよりは、妄想ですね。

でも、昔の人もこんなふうにして妖怪たちを想像の中から生み出していったんじゃないかと、私は思います。

この物語に登場する妖怪たちの多くは、これまで出版されてきた妖怪関係の本を参考にしていますが、彼らがどんな連中なのかは、私が自由に空想を広げました。

こうして妖怪たちは新たに生まれたり、変化したりして、語り継がれます。

だからこそ、彼らは色あせることなく、私たちを魅了し続けるのでしょう。

この物語は、そんな妖怪たちの誕生と変化の流れのひとしずくとなればと思って書いたものです。


最後に、この物語を生み出すにあたってお世話になった多くの方々に感謝の言葉を述べさせていただきたいと思います。

選考委員の先生方、三坂編集長、編集の児玉様、素敵なイラストを描いていただいた真田茸人先生、そして私の物語を誰よりも先に読んで意見をくれた、渡辺さんと本橋さん、ほか沢山の方々のおかげでこの一冊は完成しました。

本当にありがとうございます。そして、これからもよろしくお願いいたします。

内山《うちやま》靖二郎《やすじろう》

【主要参考文献】
『図画百鬼夜行全画集』鳥山石燕（角川ソフィア文庫）
『妖怪談義』柳田國男（講談社学術文庫）
『【図説】日本妖怪大全』水木しげる（講談社＋α文庫）

神様のおきにいり

発行　2006年7月31日　初版第一刷発行
2007年6月25日　第二刷発行

著者　内山靖二郎

発行人　三坂泰二

発行所　株式会社
メディアファクトリー
〒104-0061
東京都中央区銀座8-4-17
電話　0570-002-001
03-5469-3460（編集）

印刷・製本　株式会社廣済堂

ISBN 978-4-8401-1573-5 C0193

MF文庫 J

ファンレター、作品のご感想は
あて先:〒150-0002　東京都渋谷区渋谷3-3-5　モリモビル
メディアファクトリー　MF文庫J編集部気付
「内山靖二郎先生」係　「真田茸人先生」係

この作品は、第2回MF文庫Jライトノベル新人賞[佳作]受賞作品「神様のおきにいり」を改稿したものです。